愛されぬ妹の生涯一度の愛

タラ・パミー 作

上田なつき 訳

ハーレクイン・ロマンス

東京・ロンドン・トロント・パリ・ニューヨーク・アムステルダム
ハンブルク・ストックホルム・ミラノ・シドニー・マドリッド・ワルシャワ
ブダペスト・リオデジャネイロ・ルクセンブルク・フリブール・ムンバイ

AN INNOCENT'S DEAL WITH THE DEVIL

by Tara Pammi

Published by Harlequin Japan, a Division of K.K. HarperCollins Japan, 2024

タラ・パミー

子どもの頃から本の虫だった彼女は10代でロマンス小説に夢中になり、教科書の陰に隠して読みふけっていた。修士課程修了間近のある日、修士論文を書くためにパソコンに向かっていたはずが、気がつくと物語のプロローグをタイプしていた。無事卒業し、世界一理解のある夫のサポートを得て小説を書き始め、現在はアメリカのテキサス州で執筆に勤しんでいる。

主要登場人物

ヤナ・レディ……………ファッションモデル。
ミラ、ヌーシュ…………ヤナの異母姉妹。
ダイアナ…………………ヤナの母親。
ナジール・ハディード……ヤナの元義兄。ファンタジー作家。
イザズ……………………ナジールの父親。
アミーナ…………………ナジールの母親。
ジャクリーン……………ナジールの元妻。故人。
ザラ………………………ナジールとジャクリーンの娘。五歳。

1

ヤナ・レディは一文なしだったわけではない。それどころかもっと悪く、借金の山を抱えていた。そして今、ようやく自分の愚かさを認め、かつて愛してくれた男性に助けを乞おうと心を決めた。

亡き祖父母の家の静かで暗い廊下を、ヤナはまるでお気に入りのおとぎ話に出てくる暗い森の中をさまよう亡霊のように歩いていった。

異母妹のヌーシュもファンタジーが好きだと公言していたが、ヤナの興味を引いたのは、悪魔や妖怪や魔神が登場するダークファンタジーだった。幼いころにとくに夢中になった作家が一人いた。当時から禁断のものに惹《ひ》かれる傾向があったのだろう。

今ヤナを引きつけているのは、祖父が三人の孫娘のために書き残した手紙だった。祖父に別れを告げたとき以来何度もそうしてきたように、ヤナは折りたたまれた手紙を封筒から取り出し、読まずにまた封筒に戻した。

愛する祖父からの最後の手紙にうれし涙を流した異母姉妹のミラとヌーシュとは違って、ヤナは美しい筆記体で書かれた自分の名前を見た瞬間に、読むまいと思った。

今はまだ。

いいえ、たぶん一生。

自分への罰として。それに、永遠に開封されないプレゼントという考えがあまのじゃくのヤナは気に入った。祖父を困らせる最後のいたずらだ。

数時間前、この家には家族や友人や祖父を慕っていた人々が集まっていた。祖父が立ちあげた〈ワンテック〉というソフトウェア会社は、今では右腕だったカイオ・オリヴェイラが引き継ぎ、十億ドル規模の企業に成長している。

祖父は、人には誰でも二度目のチャンスがあると考えていた。だがヤナだけは、姉や妹のように自分の価値を証明するためにそのチャンスを生かすことができなかった。祖父にはいらだちやあきらめや孫を救えない苦しみではなく、愛情や敬意を抱いてほしかったのに。

ベッドの相手をしじゅう替えていたアルコール依存症の父親のせいで、姉妹はそれぞれ母親が違う。だから姉妹にとって祖父母だけが頼れる大人で、育ての親とも言えた。

しかし、反抗的だったヤナは十代前半を、しつけの厳しい祖父母ではなく、気まぐれな美しい母親、ダイアナのもとで過ごすことを選んだ。

母親を信用したのは取り返しのつかない過ちだったと気づいたときは、すでに遅かった。ギャンブル癖を巧妙に隠していたダイアナは、長年にわたってヤナの預金を引き出し、結局すべて使い果たしたのだ。

さらに悪いことに、それ以上浪費できないようヤナが新しい銀行口座を作ると、今度は彼女のクレジットカードで借金をし、信用を失墜させた。

ヤナは祖父母の寝室に足を踏み入れ、わきあがる悲しみと闘った。部屋を歩きまわりながら、祖父の持ち物を指でなぞっていく。ナイトテーブルに置かれた古い革装の日記帳、デスクの上の伝記本、そして自分とミラとヌーシュが一緒に写っている写真。

それは、ヤナが祖父母と言い合いをせずに過ごせた、あるすばらしい夏に撮られたものだった。

どうしてあんな間違った選択ができたの？　自分のために最善を尽くしてくれた祖父母ではなく、育児を放棄した母親との生活を選ぶなんて……。

母親は祖父の死のわずか一日後に遺産について熱

心に尋ねてきた。ヤナは自分に遺《のこ》された財産はすべて条件付きで、長い間受け取ることができないのだと話した。ヤナと祖父の口論を何度も目撃していたダイアナはそれを信じ、別れの言葉もなく、あっけなく娘の人生から去っていった。

三十歳を目前にして、モデルの仕事はめっきり少なくなった。一生モデルを続けたいとは思っていなかったヤナは、現在の地位を維持するために必要な人脈作りをほとんどしてこなかった。それで、何年か前から温めていた新しいキャリアについてもう一度考えてみた。

一瞬、めちゃくちゃになった自分の人生をミラかヌーシュに整理してもらおうかと思ったが、そんなことはできないと思い直した。彼女たちが愛する男性と新たな人生を歩みだしているからだけではない。どん底まで落ちたせいで、一つはっきりしたことがある。それは、自分自身への信頼を取り戻したいなら、自力で人生を立て直すしかないということだ。

祖父の机の引き出しからビンテージカーのキーと葉巻を取り出すと、ヤナは爪先立ちで自分の部屋に戻った。

クローゼットをあさり、黒革のビスチェとスキニージーンズを引っぱり出して身につける。髪を高い位置でポニーテールに結い、鏡も見ずにマスカラとリップグロスをつけてからガレージに急いだ。

窓を開けて運転しているせいで、夜気に鳥肌が立った。エンジンが低くうなり、祖父が愛好していた葉巻の香りが鼻孔を満たすと、数週間ぶりに安らぎを感じた。

また逃げるのか？　頭の中で祖父によく似た声が嘲《あざわら》ったが、ヤナは祖父が生きていたときと同じように耳を貸そうとはしなかった。

ホテルにあるナイトクラブのＶＩＰラウンジのド

アが開いた瞬間、ヤナはその男性が誰だかわかった。言い寄ってくる三人の男たちを追い払おうとしているヤナに、特徴的な足取りで近づいてくる前からわかっていた。

彼に関しては特殊な感覚を持っていたからだ。愚かとしか言いようのない感覚を。

ヤナの本能は、彼に襲いかかられたこともないくせに獲物になりたがっていた。

ナジール・ハディード――世界的に有名なファンタジー作家であり、政治戦略家であり、元報道ジャーナリストであり、隠遁《いんとん》生活を送る億万長者。そして何よりも重要なのは、たった四年間だがヤナの継兄だったことだ。

ダイアナがナジールの父親と結婚していた四年間のうち、二人が同じ屋根の下で過ごしたのはほんの数カ月だけだった。その間に、ヤナは不器用な十五歳の少女から、自信にあふれた十九歳の女性に変身した。

当時すでにナジールは報道ジャーナリストとして成功したあと、文壇や政界で名をはせ、世間に一目置かれていた。十二歳も年上の彼は、ヤナには太刀打ちできない鋭い洞察力を持っているだけでなく、人当たりがよく、洗練されていた。だが、受賞歴もある戦争や世界の問題についての見事な論説が彼女の心をとらえることはなかった。

ヤナをとりこにしたのは、世界的に高い評価を得ているナジールのファンタジー小説だった。彼と過ごした短い月日は別世界にいるようだった。そのころはまだ彼に恨まれてもいなかった。

ナジールとともにモナコにある彼の父親の豪邸で過ごしていたときのことだ。贅沢《ぜいたく》な朝食を堪能しながら、なぜ嫌われ役のキャラクターが救われるのか、あるいはなぜ人気のキャラクターが死んでしまうのか尋ねると、ナジールはうっすらと笑みを浮かべ、まるで捨て犬を慰めるようにヤナの頭を撫《な》でた。

しかし、十九歳の誕生日に合わせて海外から帰ってきたナジールにヤナがとった行動のせいで、彼は憤り、彼女との関係を永遠に断ったのだった。

ナジールが小説の中で書いていたタイムストーンという魔法の石を持っていたらと、ヤナは願った。そうすれば、多くの間違った決断を、石を一回転させて消すことができるのだから。とくに祖父とナジールに対しては過ちばかり犯してきた。

二人の男性――ヤナの人生に影響を与え、自分を超える存在になりたいと思わせた最も重要な二人の男性のうちの一人である祖父は、孫娘に失望したまままこの世を去った。再びそれを思い出したヤナは涙をぬぐい、気を引きしめた。

もしナジールに哀れまれでもしたら、私の心はぼろぼろになるだろう。


ナジールが目立たないよう控えているバーテンダーに合図を送ると、明るい照明が暗い一角を照らし、ヤナはまぶしさに目をしばたたいた。それを見た彼が、すぐに動いて光をさえぎった。

光がナジールの刃物のように鋭い頬骨やその下のくぼみ、薄い唇を照らし出す。上唇を二分し、左頬をジグザグに貫く傷跡は、かつてナイフで切られた名残だ。致命傷になりかけたその傷は、彼の人生を一変させた。ある意味ではヤナの人生も。

ナジールに強い視線でじっと見つめられると、ヤナの体が熱を帯びた。互いに距離を置いてきたのに、なぜ二人の間にこれほど強烈なエネルギーが生まれるのか、彼女には理解できなかった。

「やあ、ヤナ」

震えが全身を走ったが、ヤナは愚かにも彼を見つめ返し、悲嘆と喪失感で崩れかけていた心の壁を築き直した。「私は地獄に来ちゃったのかしら?」

答える代わりにナジールはジャケットを脱ぎ、ヤナのあらわな肩にかけた。彼のやさしさが実はどれほど残酷なものかはよく知っている。それでも彼女は立ちあがれなかった。胸の動悸《どうき》がおさまらない。

「あっちに行って、ナジール。こういうところにいる私に、あなたは嫌悪しか感じないはずよ」ヤナは反抗的に言った。それはまるで太陽の暖かさを切望しながらも、その存在を無視するようなものだった。だが、もう何年もそうしてきたのだ。

するとナジールは、ヤナが座るソファの前のコーヒーテーブルに腰を下ろした。丸一日ほとんど何も食べていなかったせいで胃が痛くても、悲しみと自分への怒りで頭が混乱していても、かぎ慣れた彼の香りに体がほてるのがわかった。

ベルガモットとサンダルウッドの香りだ。まるで化学者が実験をして、ヤナの妄想を刺激する精油の完璧な組み合わせを見つけ出し、ナジール・ハディードにそれを振りかけたかのようだった。

ナジールとたった二分一緒にいただけで、ヤナは無分別にもキスをして彼を最も苦しめる呪いをかけてやりたくなった。彼女の人生で不変のものは、姉妹への愛と、ナジールへの狂おしい思いだけだった。

ヤナは葉巻を吸いこみ、カメラマンの友人に教わったように煙の輪を吐き出した。すぐ近くに座ったナジールにいやがらせをしてやりたかった。

ただでさえ荒涼とした顔立ちにさらに厳しさが必要であるかのように、光と闇が織りなす影がナジールの顔に冷笑じみた雰囲気を添えていた。秀でた額の下の明るい琥珀《こはく》色の瞳はヤナの視線をとらえている。目立つ鉤鼻《かぎばな》は醜く見えてもおかしくないのに、かえって知的な印象を与えていた。

「元気か、ヤナ？」

ヤナはまた葉巻を吸った。「どうして私の居場所がわかったの？」

濃いまつげに縁取られたナジールの目に何かが見え隠れした。「君が悪魔に追いかけられるようにガレージから飛び出したとき、僕は近くにいたんだよ」

「私の祖父に敬意を表するためにわざわざ葬儀に来てくれたというの？　自分があなたにとってそんなに大切な存在だとは知らなかったわ」ヤナはナジールの前で他にどうふるまえばいいかわからなかった。大好きなSFドラマに出てくるヒロインみたいに堅固な鎧《よろい》を身にまとうことしかできない。その原作もまさにこの男性が書いた小説だった。

小説、報道記事、ニュースレター、政治に関する論説――彼の書いたあらゆるものをヤナはむさぼるように読んでいた。

「喪に服しているときくらい君もまともな大人としてふるまうんじゃないかと思っていたんだが、僕の勘違いだったらしいな」ナジールの言葉にヤナは葉巻を乱暴に唇から引き離し、指ではさんで消した。

「よくない癖だ。それに火傷《やけど》するぞ」

「上から見下して自分の気分をよくするための相手が私の他に誰もいないのかしら？」

「君が必要だから来たんだ」

ヤナはナジールだけが引き起こすことのできるめまいに襲われ、頭がくらくらした。「あら、世界は今日、逆さまになっているみたいね。それとも、ウズマみたいにパラレルワールドを旅しているのかしら」ウズマはナジールの最新作の勇敢なヒロインの名前だ。宝石をちりばめたブランド物のクラッチバッグから携帯電話を取り出したヤナは、カメラアプリを開いて彼の顔に突きつけた。「撮影するから、もう一度言ってくれる？」

ヤナの子供っぽい挑発にナジールはのらず、しばらく沈黙が続いた。

「いいわ」ヤナはソファの上で姿勢を正し、膝をナジールの膝から遠ざけた。二人とも長身のため、この狭い空間では欲望がじりじりと高まるばかりだ。

黒いズボンが張りついた腿や白いシャツの襟元からのぞく胸に視線を引き寄せられそうになるのを、ヤナはなんとかこらえた。プラチナの文字盤の大きな腕時計をつけた力強い手首も、一度だけ自分の顎に触れたことのある長い指も無視しつづけた。

「まじめな提案があるんだ」

提案？　何年もの間、お互いに距離を置いてきたのに、どうして私はまだ愚かな期待を抱いているのだろう？　ナジールが私の親友だったモデル、ジャクリーンと結婚しても、彼女との間に子供が生まれても、私が彼女との結婚を破綻に導いたと責めたてられても、彼へのばかげた憧れを捨てられない。

「興味をそそられるわね」ヤナは身を乗り出し、嘲りをこめて言った。「でも、私の望む提案があなたにできるとは思えないわ」

ナジールの顎の筋肉がぴくりと動き、傷跡がゆがんだ。彼はいつも軍人のように短く刈っている豊かな髪を手でかきあげた。「お祖父《じい》さんが亡くなった二日後にナイトクラブで葉巻を吸う君を見ていると、常識というものがわからなくなるな」

「ああ、それでこそ私が知っているナジール・ハディードだわ。確かにあなたは地球上で最も魅力的な独身男性かもしれない。でも、よりによって今日新しいことに挑戦するのはやめましょう。ショックはもうたくさんよ」

いつもは感情の読めないナジールの目に後悔の色が浮かんだ。「お悔やみ申しあげるよ、ヤナ。悲しみにさまざまな形があることは知って――」

「私と祖父の関係について何も知らないくせに」

「そうだな」

いらだちと渇望、そしてそれ以上の何かがヤナの肌をざわつかせた。

「ザラのことなんだ」

ナジールの娘だ。ヤナがつけていた仮面がはずれた。思わず彼のほうに手を伸ばしたが、土壇場で引き戻した。「どうして私を侮辱する代わりにさっさと切り出さなかったの？」

「娘のことを気にかけてくれているんだな」ナジールが意外そうに言った。

「ずいぶん私を見くびっているのね」息苦しさを感じ、ヤナは立ちあがった。だが足に力が入らず、バランスを保つために彼につかまらざるをえなかった。

白い麻のシャツは、その下の引きしまった筋肉と彼から発せられる熱をさえぎってはくれなかった。

ナジールの熱く固い体がてのひらを刺激する。ヤナが体を引き離そうとすると、彼がむき出しの腕をつかみ、もう一方の腕を腰に巻きつけた。親密な接触に過呼吸になりそうだ。

「ザラがどうかしたの？」

いったん気持ちを落ち着けると、ナジールの冷静な顔に疲労がにじんでいるのに気づいた。そのせいで傷跡が目立ち、唇の端には深いしわが刻まれている。それを見て、胸の奥が震えた。

「身体的には問題ない。だが医者によれば、母親を亡くした喪失感にうまく適応できていないらしい。たとえジャクリーンのようにほとんどそばにいなかった母親でもね。ザラみたいに明るく外向的な子がふさいでいるのを見るのはつらい。どうしたらいいのか途方にくれているんだ」

「子供には私たちが思っている以上に回復力があるものよ。サポートがあれば、ザラは母親を失ったことを乗り越えられるはずだわ」

「君は母親の育児放棄を乗り越えたのか？　虐待に近い言動を？」

何か熱くねっとりしたものがヤナの胸に広がった。

「あなたには関係ないでしょう」

「僕はただ、ザラが一人で乗り越えなくてもいいと言っているだけだ」

「あなたがいるじゃないの」

「僕たちの関係を知らないふりはしないでくれ。ジャクリーンがいかに僕を娘から引き離していたか知っているだろう」

「ジャクリーンのことは話したくないわ」

「僕もだ」ナジールが片手で顔をこすった。「これはザラの話だ。君でも、僕でも、ザラの母親のことでもない。君とビデオ通話をすると、ザラは目を輝かせる。君とのチャットやメール、君が世界じゅうから送ってくるカードや毎年プレゼントしてくれるキーホルダーのコレクションについて、何時間も話す。娘は君を慕っているんだ」

ヤナはナジールから身を離し、ふらつきながら再びソファに腰を下ろした。羞恥心が胸を締めつけた。

「ごめんなさい、最近はあの子に連絡していなくて」

ジャクリーンが病気になったとき、ザラと交わした約束をどうして忘れてしまったのだろう？　期待に応えるのが下手なくせに、なぜ関わってしまったのか……育児を放棄した自分勝手な両親を持つ私なら、傷つきやすい子供を扱えるとでも思っていたのだろうか？「祖父母を立て続けに亡くし、仕事も忙しくて、心の整理がつかなかったのよ」しかも母親にほぼ全財産を奪われたのだ。

「じゃあ、君の生活は相変わらずなんだな？」

ナジールの批判めいた言葉が胸に刺さった。

ヤナはザラをかわいがっていた。ナジールに嫌われているにもかかわらず、彼の娘を大切に思っていた。

髪を直すふりをして、ヤナは目ににじむ涙をぬぐった。後悔が胸をえぐった。私はザラを見捨てたのだ。かつて自分が感じたような孤独を、あの少女には感じさせまいと心に誓ったのに。

一日じゅう悩まされていた頭痛がぶり返し、めまいがした。いや、昼食と夕食を抜いたせいで、低血糖に陥っているのだろうか？「ええ、相変わらずよ」

ナジールの口から小さく悪態がもれた。

ナジールは決して悪態をついたりしない。いつものヤナなら、それが自分の勝利を意味すると気づいただろう。だが、今は背中に触れる彼の体の熱さを意識し、めまいがひどくなった。彼の指が肩にすべり、むき出しの肌をなぞった。

「ここに来たのは君に助けを請うためだ。必要なら君に頭を下げることもいとわない。なのに、君を侮辱するのをやめられないとはな」

「私に対するあなたの態度にもなんの変化もないみたいね」ヤナはナジールをにらみつけ、ため息をついた。「ザラに会いたいわ、本当に。あの子は私にとって数少ない大切な人の一人よ。でも……」言いかけて、ずきずきするこめかみをもむ。「今は逃げられない状況にあるの」

「だからこそ僕の提案を聞いてほしい」

「その必要はないわ。私はザラを愛している、まるで……」ヤナは頬を染め、唇を噛《か》んだ。

危うく自分の娘のようにと言うところだった。幼い少女に責任を持てる人間ではないことを思うと、お笑いぐさだ。私は自分の生活を管理することさえできず、借金を抱え、自己嫌悪に陥っているのだから。

ナジールの琥珀色の瞳が鋭く光った。「それなのに、君はあの子に冷たい。ジャクリーンが死んでから あの子が君に会ったのは一度きりじゃないか」

「仕事が忙しかったと言ったはず――」

「君は借金まみれだという噂《うわさ》を聞いたぞ。なぜそうなったかはどうでもいい。ザラと三カ月一緒に過ごしてくれたら、その借金を全額肩代わりしたうえに、君が要求する報酬を払おう」

「お断りよ」

ヤナの返事が静寂の中に響き渡った。

あなたの近くにいたくないから。

あなたと同じ屋根の下で三カ月を過ごすなんて無理だから。

「自ら掘った借金という墓穴から抜け出す方法が君にないのはわかっている。モデルの仕事はどんどん減っているから――」

「いいえ」

「僕の予想では、残った君の資産はすぐに差し押さえられるだろう」

「いいえ」

「ヤナ！　ザラが君を必要としているのと同じくらい、君にも僕の助けが必要なはずだ」

「いいえ」自分の言葉が耳の中で鳴り響き、視界がぼやけて、吐き気とめまいを感じながらも、ヤナはいいえと繰り返した。

「僕を見ろ、ヤナ！　いったいどうしたんだ？」

彼は本当に美しい。そう考えたのを最後にヤナの意識は薄れた。

ナジールがヤナを引き寄せ、恨んでいないどころか彼女のことを心配しているかのように見つめた。

でも、人生の半分をかけて愛してきた男性と三カ月も一緒にいることはできない。

いや、もう愛してはいない。これっぽっちも。胸が締めつけられるような感覚は昔の名残でしかない。

気を失う寸前、ヤナはナジールが支えてくれると思った。彼が私を床に倒れこませるわけがない。

2

ホテルのレストランから連れ出された若い医師がヤナを診察している間、ナジールは檻《おり》に入れられた肉食獣のようにＶＩＰラウンジを歩きまわっていた。この三十分間で何度目かわからないが腕時計に目をやり、自分の無力さに怒りがこみあげた。

ヤナが意識を失っていたのは三分半ほどだったが、ナジールには永遠のように長く感じられた。胸の動《どう》悸《き》はいまだにおさまらない。

戦争で荒廃した地域や世界で最も危険な場所でキャリアを積んできた事実や、愛していた女性を失って心が氷と化した経験があったにもかかわらず、ヤナが人形のように力なく腕の中に倒れこんできたときほど恐怖を感じたことはなかった。

救いだったのは、大声で呼びつけたボディガード兼アシスタントのアフメドがすぐに医師を探し出したことだ。

ナジールはヤナをソファに寝かせ、彼女の腕をさすった。金茶色の髪はくしゃくしゃで、唇はかさついていた。顔は真っ青だが、それでも目を見はるほどの美しさは損なわれていない。十六歳という若さで一躍有名になった伝説的な高い頬骨や、特徴的な鋭くとがった鼻先も無事だ。

やがてヤナが意識を取り戻すと、ナジールはラウンジの奥に移動した。彼女にプライバシーを与えるため、そして自分を抑えるためだ。ああ、僕はいったいどうしてしまったんだろう？

ヤナを追ってこのいまいましいナイトクラブまで来たのは、娘のために彼女が必要だったからだ。それなのに、僕は何度も彼女を侮辱した。

世界が称賛する外交家の自分はどこに行ったのか？　五歳児の父親としての責任感はどこに行った？

僕はいつも人の欠点しか見ない。

ヤナにどれほど卑しい本能を刺激されるかを、彼女が知ってさえいれば。ヤナに愚弄されるときや、あのゴージャスな茶色の瞳に口元を見つめられるとき、僕はたまらない気持ちになる。

若い医師と話すささやき声、ハスキーな笑い声、震える肩――ヤナのすべてがナジールの体をざわつかせた。

洗練されたモデルであり実業家でもあり、かつてあらゆる面で自分と同等だと考えていたジャクリーン・ユスフとの悲惨な結婚によって、ナジールは女性に関しては自分の判断力がまったく当てにならないことを痛感させられていた。

ヤナを見ていると、父親に連れられ、新しい母親になる女性の家を初めて訪ねたときに、憧れのまなざしで自分を見ていた内気な十五歳の少女を思い出さずにはいられなかった。あるいは、初版本にサインをせがんだ少女を。あるいは、自分の好きなキャラクターが殺されたとき、大声で叫んだり泣いたりした情熱的で心やさしい少女を。

その少女は十九歳になると、あなたを愛している、身も心もすべて捧《ささ》げると大胆に宣言してナジールに衝撃を与えた。拒絶すると、彼にキスをされたと母親に嘘《うそ》をついた。

さらには、親友のジャクリーンから婚約者としてナジールを紹介されると、愕然《がくぜん》とした表情を浮かべ、結婚式で花嫁のかたわらに立っている間は彼と目を合わそうとしなかった。

そして、ジャクリーンの浮気を隠す手助けを何度もし、病に倒れた彼女の最後の数週間を枕元で見守りつづけた。

だがヤナは、ナジールの幼い娘の心の中に奇跡的に自分の居場所を作ることに成功した。ジャクリーンが死んだとき、彼はそれまでの献身に対してヤナに感謝を伝えた。もっともそれは、ジャクリーンがザラの単独親権を求める裁判を起こそうとしていたのを弁護士から聞かされるまでのことだ。ヤナは彼が育児に無関心だったと証言する予定だったらしい。

しかし、ジャクリーンが生きているときから、ヤナはザラを見守り、料理を作ったり本を読んでやったりしてくれた。まるで母親のように。

ヤナおばちゃんがこうしてくれた、ヤナおばちゃんがああ言った……。五歳の娘が話すのはヤナのことばかりだった。ナジールが完全に見限ったとき、この複雑な女性は新たな一面を見せたのだ。

ヤナは僕を恨んでいるが、僕の娘のことは心から愛している。そんな彼女をどう考えればいいのだろう？　長年あらがってきた魅力が薄れてくれさえすればいいのに。

しかし、今はとにかくヤナが必要なのだ。

ヤナにはこんな弱った姿でいてほしくない。今夜のやりとりに罪悪感を覚えなくてすむように、彼女にはとことん反抗的でいてもらわなくては。

これほど極端な反応を引き起こす女性には会ったことがない。深く愛していたファティマでさえ、ヤナほど僕をとりこにしたりはしなかった。

さっきヤナを支えたときにはやさしい気持ちになったのに、彼女が健康に十分に気を配っていなかったとわかると今度は怒りを感じた。ヤナが1型糖尿病だと知ったのは、十六歳のときに彼女が低血糖でショック状態に陥ったことがあったからだ。当時のヤナは無謀で世間知らずで愚かだったが、あれから十三年たった今も彼女には自衛本能がないのだろうか。

ヤナが気を失ったとき、僕がそばにいなかったら？　意識が戻ったあとにチョコレートバーを無理やり食べさせなかったら？　もし誰も彼女の居場所を知らず、ショック状態で何時間も倒れていたら？　ザラにヤナおばちゃんが重態だと伝えなければならなくなったら？

そして僕はこのわがままで腹立たしいほど頑固な女性を、大切な娘の人生に招き入れようとしている。自分の人生にも。

誰も立ち入ることを許さなかった自分の空間、自分の隠れ家にも。

それは家だけでなく、頭の中や心の中にも混乱と狂気を招き入れるようなものだった。

「どうぞ、サー・ナジール」ラウンジに入ってきたアフメドが水のボトルを差し出した。

ナジールはかぶりを振った。疲れきっていて、年配の男性が敬称を使ったことをたしなめる気になれなかった。

「ミズ・レディは大丈夫か？」

そのときヤナが笑いだし、若い医師のほうに体を傾けた。

これは嫉妬じゃない。ナジールは自分に言い聞かせた。ヤナが注意を向け、笑ったり何か言ったりしているからといって、あの医師に妬《や》いているわけじゃない。

「あなたが彼女を抱きとめたのは奇跡ですよ」アフメドが雇い主の感情の起伏には気づかずに続けた。「さもなければ、彼女は怪我《けが》をしていたかもしれません」

ナジールはうなると、再びラウンジを歩きまわりはじめた。医師は自分の携帯電話にヤナの電話番号を登録している。これ以上歯を食いしばったら、歯科医に通うことになりそうだ。

「医者は気絶した原因を言いましたか？」アフメド

が尋ねた。

「おそらく食事を忘れたからだろう」ナジールは咳《せき》払いをした。「彼女は糖尿病なんだ」

「覚えていますよ。他に何か必要なものは？」

「ない。少し寝てくれ。明日の朝一番にロンドンへ発《た》とう」

「ミズ・レディはザラと一緒に過ごすことに同意してくれたんですか？」

ヤナが繰り返した拒絶の言葉がナジールの頭の中に響いた。彼女は単に僕を拒否しただけじゃない。まるで悪魔の祭壇に捧げる生《い》け贄《にえ》になってくれと請われたかのように、恐ろしげな表情を浮かべていた。

確かにナジールはふだん、家族や友人を含めたほとんどの人に冷徹な印象を与えていた。しかし、ヤナに感情を持たない野獣のように思われているのは不愉快だった。

「サー・ナジール？」

「いや、彼女はまだ同意していない。だが、結局は同意するだろう」

「あなたとミズ・レディの間に意見の相違があることは承知していますが、若い女性をさらうようなまねに加担することはできません。いくらザラのためとはいえ」

数日ぶりにナジールは笑った。ボディガードの厳格な道徳観とヒーローへの憧れにはいつも驚かされる。「彼女は君に助けてもらおうとは思わないはずだ」

「失礼ですが、あなたのお父上は誰もがヒーローになれると教えてくれましたよ」アフメドが言葉を切り、眉を上げた。「お母上がどれだけミズ・レディを嫌っているか、よもやお忘れですか？」

「ザラにはミズ・レディが必要なんだ」ナジールはそう言いつつ、自分でも不安だった。だが、ヤナを家に連れて帰ったら母親がどう反応するか、今から心配してもしかたない。

「ただではすみませんよ」アフメドが忍耐強く言った。

「ザラを母にまかせっぱなしにしろというのか？ ジャクリーンが五歳の娘に何をしたか知っているだろう。アルコールやドラッグ、騒々しいパーティや有害な行為に触れさせるなんてまっぴらだ。ジャクリーンと愛人たちのゴシップは何カ月もたつのにまだ飛び交っているじゃないか」

「あなたは奥さんの過去の過ちをミズ・レディに押しつけているんです」アフメドがため息をついた。「ミズ・レディが拒むのなら、それなりの理由があるのでしょう。私は彼女がザラと一緒にいるのを見たことがありますが、心からあの子をかわいがっているのがわかりました」

アフメドの声に満ちた確信にナジールは励まされた。「心配するな、アフメド。君を巻きこむつもりはない」顎を引きつらせながら、ナジールは自分の家に来たら計り知れない問題を起こすに違いない女性を見つめた。「だが、さらってでも彼女には僕の家に来てもらう」

「誰が誰をさらうですって？」

ナジールが振り向くと、医師がヤナを支えて体を起こさせていた。

「彼女の容態は？」彼は医師に尋ねた。

「私は元気よ」ヤナがいらだたしげに言った。

医師がナジールの顔色をうかがい、急いで答えた。「生命兆候《バイタル》は問題ありません。単なる過労です」

「血糖値は？」

「正常です。あなたが食べさせたチョコレートバーが血糖値を安定させました。今後は休養と水分補給、適切な食事が必要です」

「アフメド」ナジールはすり切れそうな忍耐力にし

がみついて言った。

携帯電話をヤナのほうに掲げながら〝電話してくれ〟という世界共通の手ぶりをしている医師を、ボディガードが半ば強引にドアから連れ出した。

ようやくナジールはヤナに目を向けた。

ヤナは立ちあがって背もたれの高い椅子に寄りかかり、彼がかけてやったジャケットの裾をいじっている。いくつかボタンをはずしたビスチェからのぞく胸の谷間のなめらかな肌に視線が引き寄せられた。髪を束ねていたリボンが取れ、波打つ金茶色の髪が肩にかかっている。

「ばかにしないで」

顔はまだ青白いが、ヤナは少なくとも闘志を取り戻したようだ。「だったら、ばかにされるようなふるまいはするな」

「たまたま弱っていたからといって、私を見下すことはできないわよ」

「君は気絶したんだぞ、ヤナ」ナジールはまた歯を食いしばりながら言った。「三分半もなんの反応もなかったんだ」それがどんなに恐ろしいことかわからせたかったが、ヤナにはなんの効果もなかった。

「ひどい数週間、いえ、数カ月だったの。あなたに会って、さらに悪くなったわ。そう言ったのに、あなたは聞こうとしなかった」

ヤナがふらつくと、ナジールは腰をつかんだ。彼女の口から静かな怒りのうめき声がもれた。ヤナの怒りや悲しみやあきらめを、彼は自分の感情のように感じた。

「あなたなんて大嫌い」ヤナが独り言のようにつぶやいた。「よりによって一番落ちこんでいる私を見つけるなんて」

ナジールはヤナの言葉にこめられた憤りが自分の欲望をそいでくれることを願った。彼女の温かい息が顎にかかり、彼女の爪が腕に食いこむ。意地悪でそうしているのだろうが、そのふるまいは彼の興奮を高めるだけだった。

二人が顔を合わせるといつもこうだった。ヤナが食ってかかり、ナジールは欲望に駆られる。おかしなものだ。嫌われているというのに、僕は十代の若者のように彼女に近づくたびに興奮してしまう。天国と地獄がこの地球上で隣り合わせに存在することを思い知らされる。

これはヤナに残酷な仕打ちをした僕への罰なのかもしれない。十九歳だった彼女には激しい怒りではなく、冷静な対応とやさしい言葉が必要だったのだ。ヤナが自分の気持ちを押し殺して結婚式でジャクリーンの付添人を務めたこと、病気になった彼女の世話をしたこと、母親を失って泣きじゃくるザラの親友になってくれたことを思い出せ。

ナジールは一瞬、ヤナがそばにいると自分がどうなるかを伝えて彼女にショックを与えようかと考えた。

僕が常に欲望に駆られていると知ったら、ヤナはいっそう嫌悪感を抱くだろうか？　僕を傲慢な偽善者と呼ぶだろうか？　それとも単に、彼女を口説く数多くのよこしまな男たちの一人として見るのか？

勝てる見込みのないマラソンを走っているような気分で、ナジールはヤナにはおらせたジャケットの前をかき合わせた。

「手荒な扱いはやめてくれる？　汗まみれで気分が悪いの。それに、いったいなんだって私のビスチェのボタンをはずしたの？」

「気を失う前、君が過呼吸に陥っていたからだ」ナジールはラウンジの薄暗い照明に感謝した。革のビスチェからあらわになったヤナの肌を目の当たりにしてこれ以上妄想をふくらませたくはない。「息ができるのが奇跡的なくらいきつそうだったんだよ」

さっきまでヤナの体は冷えきっていた。今は肌にぬくもりが戻っている。

「放して」彼女が要求した。

「放した瞬間に君は床にキスするはめになるだろうな」ナジールは体をこわばらせて言った。葉巻の香りと革の匂いがまとわりついて鼻を刺激する。

こんなふうにヤナと接近するのは久しぶりだった。ジャクリーンの浮気を知って以来、ナジールは恋愛から遠ざかっていた。もともと気軽なデートやセックスは二十代のころから好きではなかった。四十二歳にもなって、ろくに知らない女性をベッドに連れこむなんて考えただけでも吐き気がする。それなのに今、彼の体は隅々まで電流が走るような興奮に包まれていた。

最も罪のない接触で自分をこんなふうにさせるのが、決して手に入れることのできない女性だとは皮肉なものだ。気軽な情事でさえ許されない。

「だったらタクシーのところまで連れていって」

「断る」

「それじゃ、アフメドに家まで送ってもらうわ」

「だめだ。頼むから無駄な口答えはやめてくれ」

「じゃあ、どうしろというの？」ヤナが喧嘩《けんか》腰で彼のほうに顔を近づけた。

「おとなしく言うことを聞いてくれ。僕が泊まっているスイートルームに行こう。君はそこで食事をし、体が必要とするだけ眠って、朝になったら、この話し合いを終わらせるんだ」

「あなたのそばではもう一分も過ごしたくないわ」ヤナが両方のてのひらをこちらに向け、彼から一歩下がった。「私が心臓発作を起こしたら、あなたのせいよ」

ナジールはうんざりした。「しばらくは君から目を離すわけにはいかないんだ」そう言うと、有無を言わさず消防士のようにヤナを肩にかつぎあげた。

彼女はとても軽く、なんの負担にもならなかった。

驚いたことに、ヤナが急に静かになった。エネルギーをすっかり使い果たしてしまったのだろう。チョコレートバー一本ではそうそうもたない。

少なくとも当面はザラと同じようにヤナの世話をする必要がある。決意を新たにしたナジールは、騒がしいナイトクラブの中を出口に向かって進んでいった。

数分後、アフメドを従えてロビーを横切り、エレベーターのボタンを押した。ナイトクラブと同じホテルのスイートルームを予約しておいたのは幸いだった。それでも、三人は好奇心旺盛な宿泊客の目を引いた。色めきたつパパラッチの視線もあった。

しかし、少なくともナジールは今、ヤナをこの手に取り戻したのだった。

3

この世界は本当に残酷だと、ヤナは思った。かつて私に苦しみを与えた男性が、なんとやさしく私をベッドに寝かせたことか。

ここはナジールのスイートルームで、これは彼のベッドだ。清潔な汗と彼特有の香りがシーツから漂ってくる。

目を閉じると、さっきまで腹部に食いこんでいたナジールの肩や、胸に密着していた筋肉質の背中、腿を押さえていた力強い腕の感触がよみがえった。

さらに衝撃的だったのは、彼がいつも世間に見せている堅苦しい紳士の一面を突然投げ捨てたことだ。

ヤナはゆっくりと体を起こし、自分の体調を確かめた。空腹で、喉が渇いていて、疲れている。でも、気絶したのは何年かぶりだ。そう言ったところでナジールには信じてもらえないだろうが。

ここ数週間のストレスも、新しい薬も、一日じゅう何も食べていなかったことも、言い訳にすぎない。ヤナは再び混沌《こんとん》の中にいた。

しかし、ミラやヌーシュ、あるいはカイオのような保護本能の強い人間よりもナジールのほうがましだ。彼なら、動転するより私を蔑むだろう。

ナジールはザラが私を必要としていると判断し、私を家に連れていくと決意した。でも、常に彼の軽蔑のまなざしにさらされながら、どうやってザラに精神的な安定を与えることができるだろうか？

ナジールが眉をひそめ、ベッドに近づいてきた。刺激したくない野生動物に近づくように用心深く。

ヤナは体を起こして厚いヘッドボードに寄りかかった。「噛《か》みつきはしないわよ、ナジール」彼が顎をこわばらせると、ヤナはにやりとした。

「いつもの舌鋒《ぜっぽう》が戻ってよかった」ナジールの視線が彼女の口元にそそがれたかと思うと、すぐにそらされた。「僕にはまったく欲望がないというわけじゃないんだぞ。ただ、世界じゅうに宣伝しないだけだ」

快感の震えが背筋を駆け抜けた。数カ月もの間、みじめな生活を経験したあとではよけい喜びが増す。でも、この男性は駆け引きというものを知っている。

ナジールが一歩近づくたびに、数年前にひたった夢想がよみがえった。淡いピンクと温かみのある黄色でまとめられた豪華なスイートルームが、彼の抑えこまれた官能的な魅力を増幅させている。ナジールには昔から禁欲的なところがあった。そしてヤナはいつも、賢者を誘惑する天女の物語のように彼に禁欲の誓いを破らせてみたいと願っていた。

ベッドの足元で立ちどまったナジールは、水の入ったボトルをヤナのほうにころがした。彼女はものの数秒でそれを飲みほし、顎にしたたった水を手の甲でぬぐった。その間ずっと、彼の熱い視線がこちらにそそがれていた。

「君の唯一の生計の手段なんだから、もっと体を大事にするべきなんじゃないか？」

ヤナはすり切れそうな自制心をなんとか保とうとした。将来への夢、違うキャリアへの希望――ナジールはそれを聞く特権を得たわけではない。それどころか、そもそもそのような夢や希望を持っている私をばかにしても不思議はない。「最悪の世界を見てきたあなたなら、もっと共感したり、理解したりする能力があると思っていたのに」

ナジールの口元がこわばった。

彼を傷つけたのだろうか？　私みたいな人間にそんなことができる？

「君の言うとおりだ。僕は君のことをあれこれ批判してきた。しかしだからといって、君を――」

「お願い、わかってちょうだい。あなたと一緒には行けないわ」ヤナはいらだちをこめて言った。この願いをかなえてもらうにはあまりに無力だから。

琥珀《こはく》色の瞳がヤナを見つめた。「いや、行けるさ。君の決断一つでザラが救われるんだ」そう言うとズボンのポケットに手を入れ、冷静に彼女を観察した。「そのために僕にできることはないか？」

ヤナは眉を上げ、モデルとして身につけた偽りの表情をつくろった。「なんて陳腐なのかしら。他の男性たちと同じ。あなたも私をお金で買うことができると考えている。祖父でさえ、お金で私をおとなしくさせることはできなかったのに」

「君が経済的に追いつめられているのは知っている。僕は君に楽な逃げ道を与えようとしているんだ」ナジールが額をこすった。「僕に恩を売ることができることの機会に君が飛びつかないのが不思議だよ」

「私があなたと一つ屋根の下で生活するなんてまっぴらだと思っていることを、よくわかっていないようね」

目と目が合い、二人はそのまま見つめ合った。過去の記憶が二人の間に渦巻いた。

ジャクリーンのパリのアパートメントで死が近い彼女を見守りながら過ごした数週間で、ヤナとナジールの間にはある種の親近感が生まれた。死と隣り合わせの特殊な状況の副産物であることは間違いない。

それは肉体的な欲求よりも危険なものだった。今、ナジールの目には強烈な好奇心があり、まるで彼女の心の鎧《よろい》をはぎ取ってその下にあるものを見たいと言わんばかりだった。

その目には称賛さえ見て取れ、気をつけないとまたそれを追い求めてしまいそうだった。ヤナの母親がギャンブルに、父親がアルコールに現実逃避を追い求めたように。

何かに依存したがる傾向は私の遺伝子に組みこまれているのだ。

ヤナが追い求めたのは、この男性に認められることだった。そして彼に敬意を払ってもらうこと、一人の女として見てもらうこと。さらには、彼をひざまずかせたいという欲求を満たすことだった。

ジャクリーンの死から一週間もたたないうちに、ナジールはヤナに牙をむいた。亡き妻と共謀してザラを自分から永久に引き離そうとしていたと言って彼女を責めたてたのだ。それは自分への悪意からしたことだと言い張り、弁解の余地を与えることなく彼女を裏切り者と決めつけた。

ナジールに再び惹《ひ》かれそうになるたびに、ヤナは彼の残酷さを思い出して自分をいましめた。

「もし君のことを誤解していたなら——」

「もし？　これまでのいきさつを考えたら、あなたに救われるくらいなら死んだほうがましだと私が思ってても無理はないんじゃない？」ナジールの提案は迷惑以外の何物でもないと言わんばかりに息を吐き出すと、ヤナは視線をはずして彼のジャケットを肩にかけ直した。「どうしてザラをこっちに連れてこなかったの？」

「この数カ月、あの子はすでに大変な思いをしているからだ」

「わかったわ。でも私は、あなたの家に行って高すぎる基準を押しつけられるより、こっちでザラと過ごすほうがいいの」

「利口になって僕の助けを受け入れたほうがいい。他に何千も救済の申し出があるわけじゃないんだから」

「私には苦境から救ってくれる人がいないと勝手に決めつけないで。頼めば助けてくれる人はいるわ」

「誰だ？」

「姉や妹とか。二人ともたっぷりと自分の収入があるわ」誰からも見放されているというナジールの傲慢な決めつけに反発し、ヤナは言い返した。「義理の弟のカイオもいる。祖父の右腕だった人で、今は〈ワンテック〉の最高経営責任者《CEO》よ。億万長者の義理の兄、アリストスだっているわ」

「なのに、君は彼らの誰にも借金のことを打ち明けていないんだろう？　なぜだ？」

　ナジールと一緒にいると、快楽主義のスーパーモデルという仮面がはずれそうになる。「これから打ち明けるかもしれないじゃないの。私だって、祖父が亡くなって二日後にお金の無心なんてすべきじゃないことくらいわかっているわ」

「そうかな。君は彼らに助けを求めることがいやなんだ。自分の失敗を知られたくないから。姉は医者で、妹は天才的な計算能力を持っている。結局のところ、君はプライドがじゃまして言えないんだよ」

深い心の傷をナジールに見抜かれていることに、ヤナはうろたえた。でも、彼ほど私の欠点を知っている人は他にいない。

そのときナジールの携帯電話がけたたましく鳴り、ヤナは返事をせずにすんだ。画面をタップするたびに、彼のしかめっ面はひどくなった。

「どうしたの？」

「僕たちがエレベーターに乗るところを、どこかの間抜けが写真に撮ったんだ」ナジールの口からののしり言葉がもれた。「僕と君だとはっきりわかる。君は気にならないか？」

ヤナは肩をすくめた。ナジールにとってプライバシーは絶対に侵されてはならないものだ。彼の自宅さえ誰も知らない。「あのすてきなお医者さん、私が気絶したことを外にもらさないわよね？」

ナジールの目に鋭い光が宿った。「僕と関わりがあることは知られてもいいのに、気絶したことは誰にも知られたくないのか？」

「姉と妹に知られたくないの」

「ジャクリーンの死からわずか数カ月後に、僕と君が噂《うわさ》になったら――」

「私にとって大切なものは全部もうなくなってしまった。だから、私を破滅させるなんて脅しても無駄よ」

その発言は芝居がかった開き直りでもなければ、同情を誘う餌でもなかった。

ヤナの目に宿る純粋な悲しみに、ナジールの心は激しく揺さぶられた。彼は一瞬、ヤナを救いたいという強烈な衝動に駆られた。必要であれば、彼女自身からも。

確かに僕はヤナが言うように傲慢で自分勝手だった。「僕たちの噂がザラの耳に入っても、君は気にならないのか?」

「あの子はまだ五歳よ」ヤナが頭を上げると、金茶色の髪がライオンのたてがみのように顔を縁取った。

「そんな噂に耳を貸すわけないわ」

「だが、写真撮影のためにママを訪ねてきた〝おじさん〟たちの名前はみんな知っていたし、ママが死ぬ前から自分を君に押しつけていたことにも気づいていた。ザラは混乱し、傷ついているんだ」

沈黙の中にヤナが小さくののしる声が響いた。彼女は打ちのめされたように見えたが、少しして立ち直った。「私はあなたが怪我《けが》したときに貼って、傷が直ったらさっさと捨てる絆創膏《ばんそうこう》とは違うのよ。あなたは私をザラの人生から追い出した。二度と戻ってくるなと言ったわ」

「僕が犯した過ちなのにザラを罰するのか?」

「そうじゃないわ」ヤナが自分の胸に手を当てた。そこが痛むかのように。「私たちはお互いに恨みを抱いている。あの子がそれに気づくのもそう遠いことではないでしょう。そうなったら、今よりもっと混乱するわ」

「それなら、一からやり直そう」

ヤナが笑い声をあげたが、それは単なる嘲笑ではなかった。目には涙が光り、唇は苦々しくゆがんでいる。「あなたが私を見直すことなんてあるかしら? その前に地獄が凍りつきそう」

「じゃあ、これも君のプライドの問題だってことだな?」ナジールはいらだちと無力感に押しつぶされそうだった。かつてヤナに残酷な態度をとったのは確かだが、自分の過去の行いがザラにも悪影響を及ぼすと思うと、気分が悪くなった。かつて味わった喪失感のせいで心が凍りついた結果、娘と気持ちを通わせることができないのではないかという不安は常に胸の奥に巣くっている。「十年前に君の誘惑を拒んだこと、ジャクリーンの浮気を知りながら嘘《うそ》をつきつづけた君を非難したことにこだわっているんだろう？　さっき意識を取り戻したとき、自分の体をもっと大事にしろと言ったことにも。十年前のたった一度の拒絶に傷ついたのはわかるが、そのせいで、君を慕っている子供が一番つらいときに見捨てるのか？　あのときと同じように、まだ僕に認めてほしくてたまらないのか？」

その厳しい言葉にヤナが打ちのめされた表情になったのがナジールには耐えられなかった。

「私はあなたに何も望んでいないわ」ヤナのささやきは心の叫びのように聞こえた。

「君が僕の提案を受け入れるかどうかは問題じゃない。君を飛行機に乗せる方法なら知っている」

大きな茶色の瞳がナジールを探った。

「君の姉と妹に借金のことをもらす」

「あなたはそんなことしないわ」

「ザラに笑顔を取り戻させるためならなんだってするつもりだ。すでに犯した過ちを繰り返さないために。そう、絶世の美女のヤナ・レディが借金まみれで、自分の薬を買う余裕さえないことを世界に暴露してやる。姉と妹は君を哀れんで――」

「ろくでなし」

「とっくにわかっていたはずだ。なぜ今さら驚く？」

「私は仕返しに、あなたに関する嘘をザラに吹きこむかもしれないわよ」追いつめられた表情がヤナの顔に浮かんだ。

その脅しにナジールは野生動物のようにうなり声をあげたかった。父親は娘に無関心だというジャクリーンがついた恐ろしい嘘がザラの心に与えた傷を、今なんとか癒やそうとしているところなのに。

ナジールは深呼吸をし、理性ではなく自分の心の声に耳を傾けようとした。すると言葉があっさり出てきた。ずっと前に彼が封印した場所から。「そんなことができるのかな。どんなに僕を恨んでいても、君はザラのことはとても大切に思っているはずだ」

〝まだ僕に認めてほしくてたまらないのか？〟というナジールの言葉はメスのようにヤナの心を切り裂いた。だが、改めて振り返ってみると、彼の言うとおりだった。それこそ何年も目をそむけつづけてきた真実なのだ。

私はずっと母にも祖父母にも世間にも認められたいと思ってきた。しかも私は実に子供じみたやり方でそれを求めた。

何年もの間、私は姉のミラのように賢く、満ち足りていたいと願っていた。あるいは妹のヌーシュのように、希望と愛にあふれていたいと。

私はずっと他の誰かになりたかった。もっと地に足のついた人に、もっと賢明な人に、もっと冷静な人に、もっと健康な人に。その一方で、本当の自分を知ってもらい、評価され、愛されることを切実に望んでいた。

まったく矛盾している。

でも、ナジールが間違っている点もある。私が何年も前に誘惑したのは、彼に認められたかったからではない。特売品のように自分を差し出そうとしたわけでもないし、あのとき彼に自尊心を傷つけられた復讐《ふくしゅう》を今しているわけでもない。

熱いシャワーを浴びて感覚と冷静さを取り戻したヤナは、自分がいまだにあのいまいましい男性に執着していることを思い知った。

かつてナジールはミラとヌーシュのようにヤナのことを認めてくれた。素行がいいとか成績がいいとかではなく、無条件に認めてくれたのだ。

あの母親の娘であるヤナに偏見を抱いたり、いつ訪ねてきても子犬のようにまとわりつく彼女を嘲笑したりすることもなかった。二人目の父親と同じ屋根の下で暮らした四年間のうち数カ月は、出張や私用でモナコを訪れるナジールと一緒に過ごした。彼はヤナにとてもやさしく接してくれた。

すでにモデルとして名をはせていたヤナのまわりには、常に何かを求めてくる人間があふれていた。母親は若くしてヤナを産んだことで失った名声と財産を求めてきた。アルコール依存症だった実の父親は、ごくまれにしらふでいるときに許しを求めてきた。

ナジールのような経験豊かな男性にただ受け入れてもらえるのは、太陽の光に包まれているに等しい安心感があった。彼はヤナが最も切望していたものを与え、自分にも価値があると思わせてくれたのだ。

そこには不思議な魅力があった。

ヤナはナジールに恋をし、すべてを捧《ささ》げんばかりの勢いで、目にハートマークを浮かべて彼にまとわりついた。そして哀れな誘惑を試みた。熱いシャワーを浴びていても、それを思い出すだけで体に震えが走る。

そのあげくナジールにきっぱりと拒絶された。残酷な言葉によって自分の自尊心だけでなく彼の信頼も永遠に失ったとき、ヤナは粉々に砕け散った。頬を涙で濡《ぬ》らしながら部屋に駆け戻るところを母親に見とがめられると、ナジールにキスをされたと嘘をついた。

あれは人生で最悪の愚行だった。母を怒らせることを恐れてついた愚かな嘘で、私はナジールの恨みを買ってしまった。

そういう態度は祖父に対しても同じだった。祖父に認められたいと思えば思うほど、自分の幸福に反する行動をとっていた。

もう二度と自分の価値を誰かに決めさせるようなまねはしない。母にも、祖父にも。そして間違いなくナジールにもそんなことはさせない。

シャワーから出ると、ヤナは湯気で曇った鏡をぬぐい、自分の姿を見つめて、不安げにゆがんだ口元に笑みを浮かべた。前回ナジールと一つ屋根の下で暮らしたときは最悪の結果になってしまったけれど、今回は五歳の子供の幸福を守るという動機がある。

かつての自分と同じく、その子は周囲の大人たちに愛だけを求めている。私が母に切望していたように、ザラがジャクリーンに切望していた関心と愛情をあの子に与えよう。

ナジールとザラとともに過ごす三カ月は天からの贈り物なのかもしれない。私には失ったものを取り戻し、母親の裏切りから立ち直って、人生を正しい道に戻すための計画を立てる場所が必要だから。

それなら、自分を信じることを教えてくれた男性に振りまわされず、すべてをやり遂げよう。

4

一カ月後、ヤナはすでに決まっていたモデルの仕事を終えてナジールの自家用機に乗っていた。彼の提案を受け入れたあとはすぐにでも発《た》ちたかったが、いきなり三カ月も自分の世界から離れるのは不可能だったのだ。

その事情をナジールは冷静に受けとめ、この一カ月は仕事に出かけるヤナに同行した。ヌーシュとカイオの結婚式に出席した彼女が戻ってきたときには、同じ高級ホテルのスイートルームに泊まった。運悪く二人が一緒にエレベーターに乗りこむ写真がインターネットのゴシップサイトに掲載され、やがてミラの知るところとなった。

やむなくヤナは姉に二人の喧嘩《けんか》とそのあとの和解について大まかに伝えた。頭がいい姉はヤナに最高のアドバイスを与えた。

〝仕事だと思いなさい。プロに徹するのよ〟

ヤナはそのシンプルかつ賢明な助言を受け入れたが、離陸して一時間もたたないうちに実行に移すのはむずかしいとわかった。

今、ヤナは座席の肘掛けを指でたたきながら、機内のエレガントな内装を見まわしていた。モデルという仕事のおかげでこれまでさまざまな異国を旅してきたが、その移動手段はいつもこんなに豪華ではなかった。

飛行機は最新鋭のものだ。だが、ナジールと同じで、ヤナの知る大金持ちたちが自慢するこれ見よがしの派手な機体ではなく、実用的な優雅さがある。ステータスシンボルというより、中東や南アジアをくまなく旅する人物にとっての効率的な移動手段に見えた。

これから、ナジールと知り合って以来初めて彼の私生活を垣間見ることになるのだ。ナジールが結婚していたころ、ジャクリーン主催のパーティはいつもパリかニューヨークの彼女のアパートメントで開かれていた。ナジールがジャクリーンの〝どんちゃん騒ぎ〟のために自宅を開放するのを拒んだとき、二人は激しい言い合いをしていた。

「そわそわしているな。何か欲しいものでも?」

ヤナはピンクのサテンのジャケットをおおげさなほど丁寧に整え、二十まで数えてからナジールに向き直った。この一時間、彼は豪華な背景の一部だと自分に言い聞かせようとしていた。ナジールが目の前の書類に没頭していたおかげで、それはむずかしいことではなかったはずだった。

「私がそわそわしているのが気になるの?」ヤナは虫歯になりそうなほど甘ったるい口調で尋ねた。ナジールの圧倒的な存在感を無視しつづけることさえできれば……。だが、それは太陽を無視するようなものだった。

「いや」

彼があまりにしぶしぶ答えたので、ヤナは笑い声をあげた。

「わかったよ。嘘《うそ》つき」気になるんだ。何か必要なものはないか？」

「ないわ」

ナジールが目の前の書類に注意を戻した。

ヤナは彼の横顔を観察した。目の下には隈《くま》があり、頬骨が際立っている。

見ていると、ナジールがジャケットを脱ぎ、袖口につけたプラチナのカフリンクをはずして白いシャツの袖をまくった。あらわになったたくましい腕から、喉元のボタンをはずす指に視線を移すと、ヤナの体を熱い期待が駆け抜けた。

プラチナの腕時計が目に入り、ヤナははたと我に返った。それはジャクリーンが結婚二周年記念に贈ったものだった。

そこでナジールがまじめだがセクシーな大学教授のような雰囲気をかもし出す眼鏡をはずし、ヤナをじっと見つめた。彼が金茶色の髪から襟ぐりが深いV字形に開いたブラウスとジャケットまでを一瞬のうちにとらえたのはわかっている。

背筋に震えが走り、突然ヤナは昼寝をすればよかったと思った。せめてフライトの間は眠っているふりをすればよかったのだ。「私を待たずに先に発ってくれてよかったのに」

「君を連れて戻るとザラに約束したんだ。あの子をこれ以上がっかりさせるわけにはいかなかった」

ナジールの口調は穏やかだった。ただ、習慣なのか自衛本能なのか、ヤナは彼の声に不信感を聞き取った。もっとも、この旅の基本ルールの一つは礼儀正しくふるまうことだ。短気を起こさないこと、彼を怒らせないこと、そして迷子の子犬のような目で彼を見つめないこと。

「行くって約束したでしょう。約束は破らないわ」

「本能みたいなものが君を待って一緒に発ったほうがいいと訴えていたんだ」

「なんでも人格攻撃に変える必要があるのかしら」

そう言い返すなり、ヤナは後悔した。こんなふうに食ってかかるつもりはなかったのに。

ナジールの長いため息を聞けば、自分が完全に的はずれなことを言ったとわかった。「これは僕にとって危険な賭けだ。それは君にもわかるだろう？」

彼の言葉に、ヤナは頬をほてらせてうなずいた。

「よかった。これは君や君の性格とは関係ない。すべては僕自身の欠点に関わることだ」

ヤナは袖口のほつれた糸をつまみながら、もう一度うなずいた。

ナジールが気にかけているのは、結婚の破綻やジャクリーンの嘘や自分の曖昧な態度で傷つけていた娘との関係をどうやって修復するかなのだ。

「いくつか条件があるの」ヤナは話を本題に戻そうとした。前へ進むためにはそれが最善だ。ナジールが近くにいるときにいつも高鳴る心臓や揺れる感情は無視しなくては。

突然言い合いが中断されたことにナジールが眉をひそめた。「条件？　だったら飛行機に乗る前に話し合うべきだったんじゃないのか？」

「あなたは私を信頼していないかもしれない。でも、私はあなたをある程度は信頼しているわ。たとえ……」ヤナはかぶりを振り、言葉を切った。「私はただ、ザラと過ごす三カ月間は二人の間にある敵意を抑えたほうがいいと思っただけ」

ナジールが長い指でこめかみをこすった。「じっくり考えたみたいだな」

「これは契約だと思うことにしたの。つまり、私は傲慢で自己中心的な男性たちを相手にした経験が豊富だから、その経験を生かせばいいとね」

ナジールのおざなりな笑みが本物の笑みに変わり、白い歯が輝いて頬の片側にえくぼが現れた。この男性がそうやってほほえむと最高にゴージャスになる。

「それで、なんなんだ?」

「なんなんだって?」ぼんやりしていたヤナはきき返した。

ナジールの笑みがさらに深くなった。「僕に対する条件だよ」

「ああ、そのこと」ヤナは大きなクラッチバッグからメモ帳を取り出し、ページを開いた。頬が赤くなっているのはわかっていたのでうつむいた。「あなたはすでに私の借金を肩代わりしてくれたから、最初の条件はもういいわ」

「アフメドがすべて処理してくれた。彼は僕が醜悪な詳細を知る必要はないと判断したんだ」

ヤナは驚きと安堵《あんど》を同時に覚えて顔を上げた。つまり、いまだにナジールは莫大《ばくだい》な借金を作ったのがダイアナだとは知らない。そのことが二人の間の障壁になってくれるだろう。彼には私がどこまでも無分別だと思われているほうがいい。「アフメドにお礼を言い忘れていたら思い出させてね」

メモ帳に目を落とし、ヤナは考えこんだ。一カ月前には母親の顔なんて二度と見たくないと思った。完全に手を切るつもりだった。

だが、ザラとビデオ通話で話したり、姉と妹がそれぞれの人生を歩んでいるのを見たりするうち、考えが変わった。ギャンブル依存という心の病を抱えた母親を見捨てることはやはりできない。

もし母が新たなチャンスを必要としていたら?　私がナジールから得たようなチャンスを?　母もまた苦しみを抱えているのだとしたら、このまま放っておけるだろうか？

そこでヤナは良識だけでなく、思いやりや義務感から決断を下した。依存症からの脱却はそうむずかしくはないかもしれない。克服すれば母は前に進むことができる。でも、もちろん助けは必要だ。まず、自分で調べたリハビリ施設に入所の許可を得よう。第二に、その費用を支払う。第三に、リハビリを試してみるよう母を説得する。

ヤナはナジールへの要求リストに最初の二つを加えることにした。

「リハビリ施設に紹介状を書いてほしいの。調べてみたら、スイスのアルプスにいい施設が見つかったわ。でも、高級だし、費用も莫大で。それに、あなたみたいな大物のつてがないと入れないのよ」

ナジールの視線がすぐにヤナに向けられた。「リハビリ施設？」

「そう。思いきって行動してみることにしたの。ギャンブル癖を直すために」嘘をついているせいで口がからからだ。

ナジールは安堵の表情や、ヤナが予想していた独善的な〝やっぱりな〟という表情を浮かべるどころか、思案げな顔をした。「君が専門家の助けを求めることに決めたのなら、うれしいよ。そんなに深刻なのか？」

彼の声には思わずしがみつきたくなるようなやさしさがあった。それとも、私の愚かな心がそう思わせるの？「どうかしら。その判断は私にまかせてくれない？」探られたくなくてそっけなく言った。

「もちろん、判断するのは君自身だ」

ヤナはため息をついた。二人の間の会話がいつも緊張をはらんでいるように感じられるのは私のせいなのかもしれない。「世間には、人生と向き合うために不健康で有害な対処法を身につける人もいるわ。あなたみたいに鉄壁の自制心を持つ完璧な人間ばかりじゃないのよ」

ナジールの口が苦々しげにゆがんだ。「僕は完璧にはほど遠いだけでなく、自分の人生への対処法がいかに他人を傷つけてきたかわかっていなかった。少なくとも君には自覚があるが、傲慢な僕は最近になってようやく自分の欠点に気づいたんだ」

驚いたことにナジールは今、自分をさらけ出していた。愛せないせいでジャクリーンを傷つけていたことを遅まきながら認めたのだ。

それについて深く考える代わりに、ヤナは無理にメモ帳に視線を落とした。

「そういうことに詳しい知人にきいてみよう」

ヤナはうなずき、走り書きのリストに指を走らせた。「次の条件はあなたにはそれほど大きな問題じゃないはずよ。三カ月の報酬として二千万ユーロを用意してちょうだい。私がザラと一緒に過ごす間は、安全のために誰かつき添いも欲しいわ」

ナジールの笑い声が親密な空間に響き渡り、ヤナの肌を撫《な》でた。顔を上げた彼女は息をするのを忘れた。頭を後ろに倒して首の筋肉を浮かびあがらせた彼の姿は、男性美の見本だった。

「何がそんなにおかしいの？」自分の反応を隠すため、ヤナはいらだちにしがみついた。

ナジールが真顔に戻るまで数分かかった。「君は高給取りの養育係《ナニー》だな」

ヤナの唇の端に苦笑が浮かんだ。「そうね。お願いだから、ザラへの愛情に値段をつけたなんて言わないで。報酬は、あなたと同じ屋根の下で過ごすことの代償よ。私の一挙手一投足にあなたが目を光らせるのはわかっているわ」セクシーな唇にほほえみを浮かべた彼に見つめられると、距離を置いたり、敵意を抱いたりするのはむずかしかった。

「いいだろう。三カ月後には君は約束の金を手に入れる。それにザラのつき添いならいる」

ヤナはメモ帳をめくりながら、最も重要な条件を伝える勇気をかき集めた。

「それでおしまい？」

「今後も一年のうち一カ月はザラと過ごさせてほしいの。二週間ずつ二回でも、四週間続けてでもいい。それを契約書に明記してほしいのよ」

「だめだ」

ナジールのにべもない返事は意外ではなかった。

ヤナはピンクの爪でテーブルをたたいた。「この条件だけはゆずれない。もしのまないのなら、この飛行機が着陸した瞬間に引き返すわ」

「ぎりぎりになってそんなことを言いだすとはな」

ナジールが困惑顔でぼやいた。

ヤナは茶色の瞳に挑戦をこめて言った。「私とザラとの関係は、あなたとの関係とは別に考えなくては。子供のために、大人は自分たちの対立やエゴを脇に置くべきよ。三カ月を一緒に過ごしたあとでどうなるかはわからない」彼女は乾いた笑い声をあげた。「ただ、あなたと私の間に何が起ころうとも、私はザラの人生に関わっていく。あなたといてあの子が不幸になるなら、私が引き取るわ」

ナジールは生まれて初めて言葉を失った。何か言うたびに金茶色の髪が顔のまわりで揺れるヤナの姿は、子ライオンをかばう雌ライオンのように見えた。

「親に無視されて育ったのに、君には情愛というものがあるんだな」

ヤナが顎を上げた。ナイトクラブでナジールが目にしたもろさは、今ではすっかり消えている。「ザラのようすを知ってますます心配になったの。あの子はまだ子供よ。子供が愛情に飢えるなんて、あってはならないわ。大人の対立に巻きこまれるのも」

髪の先をもてあそびながら的確な表現で淡々と考えを述べるヤナに、ナジールは感嘆した。彼女の言うとおりだった。ザラは彼とジャクリーンの間で途方にくれていた。「母が引き起こした問題のあれこれは……私の人生にとっていいことでもあったと考えるようにしているの。感謝して前に進むか、恨みながら前に進むかは私しだいだもの」

「君はとても賢明だ」

「驚いているみたいね」ヤナが皮肉な笑みを浮かべた。

明らかにヤナはこの一カ月で健康を取り戻したようだった。常に彼女に同行していたナジールは、その事実を見逃さなかった。食事や定期的な運動や服薬のおかげで、ヤナの顔には変化が現れていた。あの怯《おび》えた迷子みたいな表情は消え、生き生きとした美しい顔に戻っている。

こんなふうに情熱と自信に満ちたヤナがナジールは好きだった。ふいに、以前にもこんな彼女を見たことがあると気づいた。まだ多感な少女だったとき

に強欲な母親に勧められるままモデルの世界に足を踏み入れ、早すぎる成長を余儀なくされる前、パパラッチを引きつけるための売名行為とも取れる無謀なふるまいをする前のことだ。

今のヤナからは充足感が伝わってきて、ナジールは内心うろたえた。彼女が幸せかどうかなど気にしたくなかった。

「君は以前と変わったみたいだ」彼は思わず言った。

ヤナが鼻の頭にしわを寄せた。そんなしぐささえもセクシーだ。「いいほうに変わった？」

「ああ、いいほうに変わったよ」ナジールはヤナの目に期待が浮かぶのを見逃さなかったが、それに応えようとはしなかった。赤の他人のように礼儀正しくふるまうほうがいい。

「それはたぶん……」ヤナがくすくす笑い、両手を大きく広げて機内を示した。「あなたが気前よく贅《ぜい》沢《たく》をさせてくれているからじゃないかしら？」

「それなら安いものだな。君は見るからに幸せそうだ」

ヤナが重々しくうなずき、自分の爪を調べるふりをしたが、さりげない雰囲気の演出はさほどうまくいっていなかった。「状況が思ったほど悪くなく、まだ立ち直れることを知るために、人はどん底まで落ちなければならないときがあると思うの」

ナジールは沈痛な面持ちでうなずきながら、彼女の言葉がどれほど深く自分の心に染みこんだかに気づいて驚いた。かつて彼はそのどん底にいた。しかし、ヤナのように前を向くことはせず、ただ世界を締め出して、誰のことも気にかけなくなった。自分の殻に閉じこもり、仕事に精を出した。ジャクリーンと出会って結ばれたときでさえ、自分の生活に合わせて結婚生活を設計した。そしてもちろん、見事に破綻した。十五年前に心が氷と化してしまったせいで、当然のことながら、娘との絆《きずな》を築く方法もわからなかった。

「暗い穴にいること、そこからもう這《は》いあがれない気がすること、自分がそこにいるのが当然だと感じることなら少しはわかる」ナジールの口から言葉が勝手に飛び出した。

「偉大なるナジール・ハディードがその尊敬すべき人生において自信のなさを痛感したことがあるなんて言わないで」

「これからは気をつけて自分の人生の実態は語らないようにするよ」ナジールはユーモアを取り戻して言った。「崇拝する人物の中身が空っぽだとわかったら、誰だっていい気分はしないだろう?」

「私はあなたを崇拝してはいないわ」ヤナがわざと怒ったように言った。

ナジールはヤナが探りを入れているのではないかと思ったが、それは杞憂《きゆう》だった。彼女が実は、世間に見せている薄っぺらな虚像とは似ても似つかぬ存在であることが、ますますはっきりしてきただけだ。

「じゃあ、ザラを一年に一カ月間、私が預かることに同意してくれる？」

「もしその間、僕も一緒にいると言ったら？」

「それは私を信頼していないから？」ヤナが大きな目を見開いて尋ねた。その瞬間、彼女はナジールの五歳の娘と同じように傷つきやすく不安そうに見えた。「ザラを危険にさらしたりしないわ」

ヤナが憤りにまかせて言い返すのではなく、きっぱりと誓ったことに、ナジールは胸が痛んだ。「いや、ザラに僕たちがいがみ合っていないことをわかってほしいだけだ」

ナジールがとっさについた嘘を真に受け、ヤナがうなずいた。

ナジールは彼女と定期的に一緒に過ごすつもりはなかったし、この三カ月の同居生活が終わったあとまた会うつもりもなかった。それでも、彼女の心をかき乱したくてたまらなかったのだ。

突然、二人の間に壁が立ちはだかっている気がした。そして、その壁は以前と変わらずヤナが決して崩さないものなのだとふいに理解した。

「それが君にとって問題なら……」

「私がまだあなたに執着しているとでも思っているの？　もう違うわ。確かにあなたも一緒にいるほうがいいのかもしれない。そうすれば、あなたは仕事を休まざるをえなくなるし」

「わかった、毎年ザラと過ごすといい。だが、契約書に明記する必要はない」

「いいえ、明記してもらうわ。私に対するあなたの好印象がいつまでも続くとは思えないから」

ヤナは長い脚を伸ばし、座席の背を倒して目を閉じた。両腕をみぞおちのあたりで組んでいるので、小ぶりの胸が押しあげられている。つややかな髪や、ジャケットの下に着たブラウスの襟ぐりからのぞく胸の谷間や、ピンクのショートパンツから伸びる長い脚から目をそらすのには十七秒もかかった。

ヤナは正しかった。

三カ月の同居生活が終わったらどうなるのか、ナジールには見当もつかなかった。というのも、この女性が常に自分の自制心をおびやかしていたことを今ようやく認めたからだ。ヤナはナジールの人生のルールをことごとくはねのけてきた。そして彼に、もう一度すべてをかけてやり直したいと思わせ、愛することとその愛を失うことの耐えがたい痛みを忘れさせてきたのだ。

5

「ヤナ？　起きてくれ」

ヤナはあと数千時間は眠りたいと思いながら、隣から伝わってくるぬくもりにひたった。「あっちに行って。放っておいてちょうだい」

頬を軽くたたく音と笑い声がぼんやりとした意識に割りこんできた。「着いたんだ。さあ行こう、お寝坊さん」

疲労困憊《こんぱい》していたヤナはこの心地よさを手放したくなかったが、その低い声は耳元で魅惑的に響いた。「そんな言い方じゃ、誰も起きないわ」ぶつぶつつぶやき、口をとがらせる。

「『眠れる森の美女』に出てくる方法を試してみよ

うか？　おとぎ話には詳しくないが、たしかキスが必要だったんじゃないか？」

キス？　あの深みのあるハスキーな声の持ち主が私を目覚めさせるためにキスをしてくれるの？　声と同じくらい魅惑的なのかしら？

目を覚ますには悪くない方法だ。

「さあ、ヤナ、起きるんだ。僕の脅しが気に入ったのなら話は別だが」

ゆっくりと目を開けると、暗い車内で温かく深みのある琥珀《こはく》色の瞳が輝いていた。ヤナは顔をしかめた。この十年間、私を見つめるこの瞳には軽蔑か怒りしかなかったはずなのに。

起こしたのはナジールだ。でも、なぜ彼はキスで起こす話なんてしたのだろう？　また夢を見ているのだろうか？

車が急停止し、ヤナは状況を確かめた。運転手付きの車の窓越しに、夜のとばりが下りかけて濃い灰色に染まる空が見えた。

ナジールと一緒に車に乗っていること、そしてついに目的地に到着したことに気づき、ヤナは目を見開いた。彼にティッシュを差し出されると、それをぼんやりと見つめた。ナジールがため息をつき、彼女の口の端をそっとぬぐった。

まるで舌をちらつかせる毒蛇を前にしたかのように、ヤナは飛びのいた。彼のぬくもりが失われたことを体は残念がっていたが。

「何もしやしないよ、ヤナ」ナジールがやさしく言ったが、その彼らしくない態度にヤナは凍りついた。こんなにやさしく話しかけられたことはない。この十年は。「疲れはてていたんだろう。ぐっすり寝ていたよ」

ヤナは手の甲で口の端をぬぐい、目頭をこすった。

「寝ながらあんなふうに抱きつかれても、なぜか驚かなかったな」ナジールがユーモアをこめて言い添えた。

ヤナは思わずうめき声をもらした。どうして彼は私に抱きつかれるままになっていたのかしら? なぜ残酷な言葉をぶつけるのと同じように残酷に突き放さなかったの? そうすれば、私もこんなに混乱することはなかったのに。

ヤナはサテンのブラウスとショートパンツを整えた。ブラウスはしわくちゃで、床の上で身もだえしたみたいだった。

いいえ、彼の膝の上でよ。頭の中の声が意地悪くささやいた。

乱れた髪を直すふりをして、髪の根元を乱暴に引っぱった。正気を取り戻さなくては。「ジャケットはどこ?」

ナジールがしわ一つないピンクのジャケットを長い指にかけて掲げた。「君が暑いと言いつづけていたから脱がせたんだ」

「私を起こせばよかったのに」

「僕のことを本気で冷酷な野獣だと思っているのか?」

「そうよ。これからもそう思いつづけたいわ」

「なぜ?」その穏やかな問いかけはシルクのようになめらかだったが、危険をはらんでいた。

ジャケットを受け取ったヤナはナジールを無視して袖を通すと、乱れた髪をまとめてすばやく三つ編みにした。ようやく気持ちが落ち着いたので、彼に向き直った。「ごめんなさい……」頬をほてらせながら口を開く。「あなたにしがみついたりして」

ナジールはこめかみに指を押し当て、勢いよく息を吐き出した。「たいしたことじゃない」

「たいしたことよ。あなたは私の雇い主なんだから、境界線をはっきりさせておきたいわ」

彼の目にいらだちが浮かんだ。「君には昔から無分別なことばかりしていたじゃないか」

機内で守られていた休戦協定もこれまでだった。ヤナはナジールの手首を取り、プラチナの文字盤を彼の目の前に突きつけた。「私を侮辱するまでまる九時間も持ちこたえたのね。新記録よ」

ナジールの長い指が彼女の指をつかんだ。「待ってくれ、そういうつもりで言ったんじゃない」

「放して、ナジール」

「僕の話を最後まで聞いてからだ」

ナジールがなんのことを言っているのかはよくわかっている。グレゴール・イリヤヴィッチ――裸婦画で悪名をはせた六十六歳の画家のことだ。当時、娘のマネージャーだったダイアナは、グレゴールからヤナのヌードを描きたいと持ちかけられ、飛びついた。そして予想どおり、彼が描いた一糸まとわぬヤナの肖像画は彼女をまたたく間に有名人に押しあげた。大手の広告代理店はこぞってヤナをＣＭに起用したがり、いくらでもギャラを払うと言った。

しかし、輝かしい名声には高い代償があった。グレゴールがヤナに手を出そうとしたのだ。そのことは知らなかったというダイアナの言葉は信じているが、ヤナは手遅れになるまで駆け引きに気づかなかった自分の愚かさを悔やんでいた。

ヤナの裸婦画は個人のコレクターが数百万ドルで買い取り、一般公開はされていない。ただ、ヤナはその絵自体が気に入らなかったわけではなかった。絵の出来はすばらしく、彼女の完璧な顔と体を崇高な何かに昇華させていた。グレゴールはヤナが世間に隠そうとしたもの、つまり彼女の不安や弱さを見抜き、それをキャンバスの上に表現したのだ。

だが、グレゴールとの不倫の噂《うわさ》や、金目当てに彼を誘惑したという憶測でヤナの評判は地に落ち、あとには苦い思いしか残らなかった。

その二年前にナジールから受けた屈辱とグレゴールとの不倫騒動によって、自分は男性との関係をうまく築けないのだとヤナは確信していた。そう、母親と同じように。

「あなたはいつまでも私の過去をほじくり返して、それを私の顔の前にぶらさげるつもりなのね？　それがこれから三カ月の計画なの？」ヤナはせせら笑った。「ネタは十分あるんですものね」

「いや、もちろん違う。僕はただ――」

「ただ、何？」

「自分の新作の出版記念パーティで君をグレゴールに紹介したのは僕だ。だから、いまだに責任を感じている」

正当な怒りだったはずなのに、ヤナはふいにむなしさを覚えた。気をつけないと、希望という危険な感情が胸を満たしてしまう。だが、そうとわかっていたにもかかわらず、彼女はこう言わずにはいられなかった。「どういう意味かしら？」

「当時の君は若く世間知らずだった。グレゴールは自分よりはるか年下の女性を、名声と富を約束することで魅了し、誘惑することで悪名高かったのに、君に引き合わせてしまった。みんな僕のせいだ。彼が君を利用したことが腹立たしい。僕は君を守れなかった」

「私はもう二十一歳だったのよ。それに、グレゴールは私に何かを強要したわけでもないわ」ヤナは手を上げ、つらい話題を打ち切ろうとした。

「だが、僕はもっと君に気を配り、あの男のやり口を教えるべきだった。父は何度もそのことで僕を責めたよ」

ナジールの父親が話に出てきて、ヤナは息苦しくなった。

イザズ・ハディードは、ヤナが知る最も親切な人物だった。ダイアナがイザズと結婚していた間、ヤナは彼の家で暮らした。だが、その快適な生活が長くは続かないのはわかっていた。母は幸福の受けとめ方を知らず、結局だいなしにしてしまうからだ。

　ときどきヤナは思った。自分は美しい肌や豊かな髪とともに欠点も母親から受け継いだのだと。

　冷徹なナジールも実は父親からやさしさを受け継いでいた。ヤナは愚かにも、家族四人で永遠に幸せに暮らせたらどんなにいいかと思うこともあった。

　イザズとダイアナが離婚したあとも、イザズはまめにヤナに連絡してきた。誕生日には電話をくれ、世界のどこにいてもプレゼントを送ってきた。ナジールとジャクリーンの結婚式のあとには〝大丈夫か？〟と言葉をかけて、実の娘のように心配してくれた。

　ヤナは唇を噛《か》み、こぼれそうになる涙をこらえた。

「イザズはあなたの欠点を見抜いていた。だからいまだにあなたは後悔しているのね」

「父に責められたからというだけじゃない……」ナジールが息を吸いこむと胸が盛りあがった。一年前に他界した父親のことを口にして生々しい悲しみがよみがえったに違いない。イザズとダイアナが不倫の末に結婚したことは、父と息子の最大のわだかまりだった。だが、何年も前にイザズが元妻と和解したとき、ナジールは父親を許した。それでもイザズは息子が完全には許していないこと、そして父親に対して心を閉ざしてしまったことに胸を痛めていた。

「それが事実だから、いまだに後悔しているんだ」

　そのとき、驚いたことにナジールがふいにヤナの頬をてのひらでやさしく包みこんだ。ヤナは身を引こうとしたが、彼は手を離さなかった。ナジールの目をのぞきこんだとたん、体が粉々になってしまいそうな気がした。すると彼はもう一方の手もヤナの頬に添えた。

　ヤナは身動きできなかった。

「世間は君の自信あふれるふるまいや成功や大胆な行動しか見てこなかった。だが、今ならわかる。昔の君はまだ世間を知らず、グレゴールのような連中に慣れていなかった。あいつが人を食い物にする男だということを警告しておくべきだったよ」

「彼は私が望まないことは何もしなかったわ」グレゴールの誘いはすべて断ったと話し、誤解を解くこともできるのに、なぜそうしないのか、ヤナは我ながらわからなかった。ナジールの最大の後悔は、当時干渉しなかったことなのだから。

「君は――」

ヤナはナジールの両手を頬からはずした。彼のやさしさは攻撃の裏返しでしかない。「そんなふうに保護者ぶるあなたよりも、私のことを衝動的で怠惰で破滅的だと責めるあなたのほうが好き。同情するのはやめて。それとも、私の浅はかな行動を嫌悪したり、私を救うべきだったと後悔したりすることで、あなたは巨大なエゴを守っているのかしら?」

「ヤナ、君は誤解している」

ナジールの釈明を待つことなく、ヤナは車のドアを押し開けた。心底疲れきっていた。ナジールが本当の自分を見て敬意を抱きはじめていると思うたびに、彼は二人の関係を振り出しに戻してしまう。彼にはもう二度と期待しないと何度誓ったことだろう。その誓いを守るのはとことんむずかしいようだ。

脚にまるで力が入らなかったが、ヤナは砂利に顔を突っこむことなく車から降りた。もっとも、ナジールが後ろから手を添えてくれていなければ無理だっただろう。

脚の感覚が戻ってくると、ヤナはすぐにナジールの手の届かないところに移動した。彼が眉をひそめたところを見ると、こちらが本能的に拒絶したことに気づいたのだろう。

ヤナはまた目をこすった。時差のせいで体内時計が狂ったらしい。ひんやりした空気があらわな胸元と脚を撫《な》でる。深く息を吸いこむと、松と何かなじみのある香りがした。彼女はジャケットの襟をかき合わせ、頭を上げた。

ヤナを出迎えたのは大きな城、いや、巨大な城だった。闇に包まれているせいでシルエットしかわからないが、まるでナジールのファンタジー小説から飛び出してきたかのようだ。つまはじきにされた恐ろしい生き物が住む暗い森に囲まれて立つ城を思い出す。ヤナは昔からそういう話が好きだった。自分もそんな森に住んでいる気がしていたからだ。

ふと気づき、ヤナはナジールが持ってくれている重いショルダーバッグを取ろうと手を伸ばした。すると彼がバッグを遠ざけた。

ヤナはバッグを取り戻そうとしてナジールのまわりを回った。「自分で持てるわ」

「ばかを言うな」ヤナがバッグに飛びつこうとすると、ナジールが彼女の肩に腕を回した。彼らしくもなく所有欲に満ちたしぐさに、ヤナははっとした。

「ただのバッグじゃないか、僕にまかせろよ」

ヤナは降参のしるしに両手を上げ、ナジールが小さく悪態をつくと、ひねくれた喜びを感じた。悪態をつくなんてまったく彼らしくなかった。語彙であれ、しぐさであれ、行動であれ、ナジールが自分のレベルまで堕落するのを見るほど楽しいことはない。突然、二人の間の力関係が変化した気がした。

「ここはどこなの?」広い前庭から傾斜のついた小道を歩きだしたナジールについていきながら、ヤナは尋ねた。

敷地に点在する小さな明かりが城へと続く砂利道を照らしている。二人が一緒に過ごすところを想像して感じていた緊張は、新鮮な空気と深い闇を前にして溶けていった。

ここでならザラと楽しく過ごせそうだ。でも、五歳の子供にとって活気のない場所であるのは間違いない。ザラには他の子供たちとの交流や遊びが必要だ。ただ、そういう話はまだナジールに持ち出せない。差し出がましくならずにザラに外の世界との関わりを持たせたいが、すぐには無理だろう。

ナジールの反感を買うことになるとしても、いずれは話を切り出そうと、ヤナは心に留めた。

どうやらナジールは、ヤナの頭ほどの大きさのノッカーがついた頑丈な鉄製の正面扉から入るつもりはないようだ。ヤナは本当にファンタジーの世界に入りこんだ気分だった。

「バイエルン近郊の小さな村だ」ナジールがようやく答えた。「アルプスの近くだよ。明日になれば、山の景色を眺められるだろう」

ここはまさにヤナの空想が具現化された場所だった。

近づくにつれ、城の威圧感が増してきた。濃い灰色の石壁と高い櫓《やぐら》、奥には城の他の部分を見おろす尖塔《せんとう》がある。「あなたのお城には塔があるの?」

「ああ」熱のこもったヤナの問いかけがおかしかったのか、彼の声には笑いがにじんでいた。

「お願いだから、ここは借りているか、持ち主に代わって留守番しているんだと言って」

すべてがヤナの空想と同じだった。城やナジールが登場するダークファンタジーは、十代のころの空想の定番だった。

まるで最も罪深い夢想が現実となったかのようだ。でも、夢想が現実になることはない。

ナジールが言いにくそうに答えた。「いや、買ったんだ。最近ね」

「最近って?」

「ジャクリーンが亡くなった直後だ。ザラは彼女のパリのアパートメントからここへ引っ越してきた」

ヤナは憶測を口にした。「城を買ったのはザラを喜ばせるため?」

月明かりでナジールが顔をしかめるのがわかった。

「あの子は城やおとぎ話や不気味な生き物の話をやめようとしなかった。君が僕たちのもとを去ってから――」彼が手を上げてヤナの抗議を制し、首を横に振った。「君の言うとおりだ。過去を書き換えるべきじゃないな。僕は君を追い払ったんだ。それからジャクリーンが死んだ。それ以来ザラが口にするのは、森の中の巨大な城で三匹の大型犬と暮らすという空想話ばかりだった」長く深いため息が彼の口からもれた。「あの子に寄り添うにはその話に耳を傾けるしかなかった」

「なんてこと」

「あの子が空想にしがみつくようになったきっかけが何か、僕にはわかる」

「私はただ、あの子の年齢で自分が魅了されたものを伝えたかっただけよ。空想は少女だったころの私を救ってくれた。あなたの出てくる空想が現実逃避を手伝ってくれたの」

「君の役に立ったのならよかったよ」ナジールのぶっきらぼうな口調にヤナの下腹部がうずいた。

ナジールが正面扉よりは小さいが実際には巨大なドアを開け、ヤナを暗い階段のほうへ案内したとき、二人の沈黙に何かが生まれた。二人の間に渦巻く恨みや侮蔑や怒りが突然消え失《う》せたかのようだった。二人とも大事に思っている少女のために最善を尽くそうとしているからだろうか。

「ザラにも同じように空想を人生のつらい時期の支えにしてほしかったの」ヤナは急に喉が詰まり、咳《せき》払いをした。「空想の世界にひたりきりにさせて、あなたを困らせるつもりはなかったのよ」

「いや、空想の種をまいてくれた君には感謝しているよ。君は僕たち二人の恩人だ」そう言ってナジールが顔をこすった。

暗い廊下でも彼が疲れきっているのが見て取れた。

最愛の父の死から、ジャクリーンの不倫や闘病、そして彼女の死とザラの世話まで、すべてを抱えこんできたのだ。

一人で引き受けるには重すぎる荷だ。

自分自身や感情や周囲の人々を支配できるナジールのような人物にさえ大変な重荷に違いない。彼は判断力に富み、冷徹で、自分にも他人にも厳格な基準を持っている。しかし今、そういう彼に似つかわしくないものが垣間見えた。後悔にも似たものが。

この一カ月の間、ナジールは世界を飛びまわるヤナに同行し、自分の仕事をこなしながら、毎週末にはザラのもとに帰った。見捨てられたと娘に思わせないように。嫌悪すべき男性の気持ちを思って心が痛むのは、ヤナにとって腹立たしいことだった。

「ナジール、私は――」

「君はザラにとって、ジャクリーンや僕よりもいい親だった。そのことに僕は永遠に感謝するだろう」

唖然《あぜん》とするあまり何も言えないまま、ヤナはナジールを見つめた。体に電流が走るような感覚が再び戻ってきた。今度はより速く、より強く感じる。

ヤナはうなずき、ナジールの言葉をしっかりと胸に抱きしめながら階段をのぼっていった。安堵《あんど》を感じるはずだった。しかし、彼女が感じたのは混乱と痛みだけだった。

「なんだか『サウンド・オブ・ミュージック』のマリアみたいね」ヤナはわざと冗談めかして言った。

一番避けたいのは、ナジールの前で感情を爆発させ、心の中のみじめな混乱をあらわにしてしまうことだ。

「お願いだから、私の世話を待っている子供が何人もいるなんて言わないでよ」

「それこそすてきなファンタジーじゃないか」ナジールの言葉には洞窟のように深くて暗い感情が漂っていた。

ヤナはよろめき、危うく顔から倒れこみそうになったが、ナジールの鋭い反射神経のおかげで転倒を免れ、無事二階に着いた。

「なんですって？　トラップ大佐みたいに笛を吹いて私とザラを呼び集め、私のすることすべてに文句をつけるの？　あなたの頭の中ではすでにそうしているのかしら」

ナジールがにやりとしてドアを開けた。いつもの彼とはどこか違う。「なぜそうやって僕が君のことを悪く思おうとしていると決めつけるのかな？」

「親愛なるお継兄《にい》さま」ヤナはナジールが嫌っている呼びかけを使いながら、てのひらを彼の胸に当てて口をとがらせ、自分自身の胸に広がるざわめきをまぎらした。「いつもそうだったじゃないの」

ナジールは長い指でヤナの手首を包んだが、胸から手を引き離そうとはしなかった。心臓が高鳴り、交響曲を奏ではじめる。「そうだったか？」

「でも、過去には必ず別の解釈があると教えてくれたことがあったわね」

「では、君の解釈は？」

「それが重要なことかしら？」

「明らかに重要だ。僕たち二人にとってね」

ヤナはかぶりを振った。「私が恐ろしい間違いを犯したのは確かよ。あなたにキスされたと母に言った瞬間に、悪いことをしたとわかったわ。ただ、イザズには真実を話したことは知っておいてちょうだい。不安に駆られていたせいだと言いたいけれど、とにかく悪かったのは私よ」そこで長いため息をついた。「もしザラが必要としなければ、あなたは一生私を排除し、厳しく罰しつづけたでしょうね」

しかしナジールは、つらい過去を掘り起こしてヤナのみじめな気持ちをよみがえらそうとしたわけではないようだった。たった今ヤナが明かした、ナジールに排除されたことに深く傷ついたという事実につけ入ろうとはしなかった。

ナジールは今の言葉を吟味するように、ただ長い間ヤナを見つめていた。「何度も僕を拒絶したのは君のほうじゃないか。今回僕に同行したのもザラのためで、僕と一緒に過ごすと思うといやでたまらず、だから気を失ったんじゃないか？」

「ナジール――」

「君に対する自分の残酷なふるまいが君の愛をザラから奪ってしまったのではないかと、僕が思い悩まなかったわけじゃない」

ナジールの言葉には苦悩がにじんでいて、ヤナは思わず彼に手を伸ばした。その瞬間、かつて自分がナジールを崇拝していた理由を思い出した。挫折を味わっているときでさえ、彼には静かな威厳があったのだ。「私はべつに――」

「僕と娘の複雑な関係は、僕が作り出したんだ。ジャクリーンに対する不満がザラと僕の間に溝を作ってしまった。両親のいがみ合いに巻きこまれるくらいなら、娘は母親と一緒にいたほうがいいと思いこんでいたんだ」

「小さな女の子はそれを無関心としか思わないでしょうね」

ナジールがごくりと唾をのみこみ、苦笑いを浮かべた。「それに気づくのが遅すぎたよ。僕は人を遠ざけることがうまく、娘にも同じことをした」

彼を慰めたいと思うのは、息をするのと同じくらい自然なことだった。「あなたとザラなら、きっと乗り越えられるわ。私が保証する。すぐに何もかもよくなるはずよ」

ナジールの手がヤナの背中に添えられ、薄暗く狭い廊下を導いていく。「そんなことはわからない」

「あなたは問題を解決するためにあらゆることをしている。私をさらったり、脅したり……すべてはザラを幸せにするため、あの子に安心感を与えるためにね。あなたがしている努力に、ザラはすぐに気づくわ。とても賢い子だから」ヤナはそう言い、人を慰めるときにいつでもすることをした。だが、ナジールを抱擁したせいで自分の上半身が彼に密着し、温かく圧迫されたとき、やりすぎたことに気づいた。ナジールが相手だといつもやりすぎてしまう。

胸のふくらみがナジールの固い筋肉に当たる感触を無視することはできなかった。デニムに包まれたたくましい脚が腿の間――ヤナが何度も夢見た場所に触れている。

ヤナは目を閉じたが、それも間違いだった。闇に包まれて、感覚が百倍も鋭くなったからだ。指でナジールの顔を探ると、熱いうずきが全身を駆け抜けた。指先に彼の柔らかく温かい唇が触れる。彼の息が手の甲にかかり、ヤナの体はさらにほてった。

すると意思とは関係なく、体がナジールにしなだれかかった。それは、本来なら逃げ出すべき野獣の祭壇に生け贄《いにえ》として身を捧《ささ》げるようなまねだった。

ヤナは額をナジールの肩に押しつけ、あえぎながらも一歩下がろうとした。

うなじを包むナジールの指は力強く、所有欲がむき出しで、髪をもてあそびながらなかなか離れようとしない。

「ヤナ」ナジールのハスキーなささやきが周囲の壁に反響した。「こんなことは……できない。危険すぎる」

ぱっと体を離したヤナはそのはずみで石の壁に頭をぶつけた。痛みのあまり目に涙がたまったが、すぐにナジールの手がやさしく髪の中を探り、腫れた箇所を撫でてくれた。

ヤナはさらに彼の手の届かないところまで離れた。

「大丈夫よ。さあ――」

「ヤナ、僕たちは――」

「なんの話かしら」ヤナは彼の肩の向こうに視線を移した。「私はただあなたを慰めようとしただけ。

でも、あなたの好みの慰め方じゃなかったみたいね」

ナジールが薄明かりの中でヤナの視線を探り、うなずいた。しかし、その琥珀色の瞳の奥底には、二人が悟りかけた真実がちらついていた。そしてヤナの体には狂おしい欲望が渦巻き、とっさにごまかした彼女を嘲笑《あざわら》っていた。

6

「起きて、ヤナおばちゃん！　起きて！」

ヤナは小さな手にくすぐられているのに気づいたが、今度は誰がそばにいるのかわかっていた。目を開けると、高い窓から差しこむ金色の陽光が温かく顔を照らした。しばらくの間、彼女は天井に目を向けたまま横たわっていた。

昨夜の出来事が思い出された。ナジールができないと言ったということは、それがなんであれ、本当は望んでいたのではないかという気がした。

「ヤナおばちゃん！」

ヤナはほほえみながら、肋骨《ろっこつ》に食いこんでいる小さな手をつかんだ。ザラが悲鳴をあげる。ヤナが

〝くすぐり魔！〟と叫ぶと、少女はくすくす笑いだした。二人はベッドの上で一緒にころがり、いつまでも笑いつづけた。

まるで燃える炎がすべての喪失感と悲しみを焼きつくし、あとに肥沃な大地を残したかのようだった。ザラと一緒に笑い、ふざけ合うほど楽しいことはない。やがて二人とも息が切れた。

ヤナは体を起こし、ザラを膝の上に引き寄せた。ザラの細い腕が首に巻きつき、顔がヤナの顎の下に押しつけられる。ヤナはザラの豊かな巻き毛に顔をうずめた。少女は太陽と土と苺《いちご》の匂いがした。

結婚や子供や安定についてはあまり考えたことがなかった。ただ、ザラのことだけはいつもヤナの心の片隅を占めていた。

「すぐに来てくれるって約束したのに」ザラが小さな声で文句を言った。そんな権利はないと承知しているかのような口調だった。

ヤナはザラの大きなラマのぬいぐるみ、ライラをつかみ、この一年で祖母に次いで祖父が亡くなり、姉妹のそばにいなくてはならず、すぐにここを訪ねることができなかったと説明した。

ザラが体を引き、五歳には似つかわしくない真剣な表情でヤナを見つめた。「お祖父《じい》ちゃまが死んだの？　ママみたいに？」

ヤナはうなずくと、少女の耳に巻き毛をかけ、ふっくらした頬にそっとキスをした。「そうよ。でも……」少女の顔と首筋を指でなぞり、パジャマを整えてから、再びくすぐる。「もう悲しくないわ。また私のザラを抱っこできるんだから」

ザラが納得したようすでくすぐり返し、二人はまたくすくす笑った。そのあとピクニックや散歩や映画を見る夕べやアイスクリームパーティの計画を立てた。少女とたくさんの約束を交わしたヤナは、ここに来ることにしてよかったと改めて思った。

突然、興奮した三匹の犬が寝室に入ってきて、匂いをかいだり吠《ほ》えたりと、ベッドのまわりで大騒ぎを始めた。「誰のわんちゃん?」二匹のシェパードとパグを見て、ヤナは尋ねた。

お城と三匹の犬……。ナジールはザラの空想をかなえることに全力を尽くしている。私を強引にここへ来させたことを思えば驚くには当たらない。ザラを幸せにするために、彼はどこまでやるのだろう?

「レオとスコルピオよ。そしてあの子は……」ザラが三匹の中で一番かわいらしい犬を指さした。「デイアボロ」自分がどれほど愛らしいかを知っているかのように、パグが前足をベッドの端にかけた。ヤナがシーツをたたくと、三匹はベッドに飛びのって彼女とザラの顔をなめた。

ザラが急に静かになった。

「どうしたの?」ヤナは問いかけた。

「いけなかったかも」少女の顔に決意が浮かんだ。

「でも心配しないで。あたしがわんちゃんたちをパパのベッドに上げたって言うから」

ヤナははっとして、渋いネイビーブルーの内装を見まわし、無機質で機能的な家具や壁一面の本棚に目を向けた。ベッドはキングサイズで、ナイトテーブルが両脇にある。一方には額縁に入ったザラの写真がたくさん飾られ、もう一方には山と積まれた本と老眼鏡が置かれていた。

これはナジールのベッドだ。ヤナはため息をついた。なぜ私は毎回ナジールのベッドに横たわっているのだろう?

「パパ、あたしがわんちゃんたちをベッドに上げちゃったの。ヤナおばちゃんじゃないわ」

ナジールは部屋のドア口に立ちすくんでいた。懇願のこもった娘の言葉に、心臓が飛び出しそうだった。ザラの瞳に浮かぶ不安に胸が痛み、娘との関係がいかにこじれているかを改めて思い知らされる。

「ヤナおばちゃんを追い出さないで」

ヤナがザラの肩に手を置いて引き寄せた。まるで父親も含めたすべてから少女を守っているかのようだ。

ベッドの上の二人の姿を見て、ナジールは胸に一撃を食らった気がした。片方は漆黒の巻き毛で切なくなるほど愛らしく、波打つ金茶色の髪を下ろしたもう一方は輝くばかりに美しい。日の光に照らされた二人は母と娘のように見えた。

これこそあるべき姿だ。

現実離れした考えにかぶりを振りながら、ナジールはベッドに向かった。一歩進むごとにヤナの口元がこわばるのがわかった。

こんなささいなことで娘を動揺させるほど僕を冷酷な人間だと考えているのだろうか？　愛情表現が足らず無意識のうちにザラに不信感を抱かせてしまったのは確かだが、僕が何も努力していないとでも思っているのか？

ナジールは床に膝をついてザラと目を合わせた。娘のパジャマの襟を直す手が震えた。「確かにパパは犬がベッドにいるのはいやだ。パパは不機嫌な年寄りで、ルールにうるさいからね。だが、そんな小さなことでおまえを怒ったりしない。ヤナおばちゃんのことも」それでも五歳の娘は不安そうに唇を噛《か》んでいる。「おばちゃんを追い出さないと約束する」彼はおそるおそる小指をザラのほうに伸ばした。

唇の震えが止まり、ザラが小指をからめた。娘の笑顔は太陽のように明るかった。「今度からはわんちゃんたちがついてこないようにドアを閉めるね」

ナジールは笑い、ザラのおなかに顔をうずめた。

「毎朝ヤナおばちゃんのベッドに忍びこまないとは約束しないいんだな？」

ザラがナジールに腕を回してきた。娘の甘い香りをかぐと、脈拍が落ち着いた。彼はザラの鼻の頭を軽くつついてから立ちあがった。

視線をヤナに移すと、一瞬にして全身が熱くなった。化粧っけのない顔、肩にかかる乱れた髪——彼女は信じられないほど若く無垢《むく》に見えた。まるで、世間に対してつけていた仮面を捨てたかのように。

「娘が起こしてしまってすまない」

「いいの」ヤナが明るい日差しにあふれた部屋を手で示して言った。「ちょっと寝すぎたわ」そして、片言のアラビア語で彼に尋ねた。

「なぜ僕のベッドにいるのかときいたんだね」

ヤナが頬をピンクに染め、命綱のように羽毛布団をつかんだ。

ベッドに腰を下ろすと、ヤナが体を硬くするのがわかったが、ナジールは無視した。わずかでも彼女を動揺させたことにひそかな喜びを覚えていた。

「いつアラビア語を習ったんだい？」

ヤナの表情がやわらぎ、穏やかな笑みが口元に浮かんだ。「あなたのお父さんと暮らしていたときよ」懐かしむように瞳が輝いた。「アラビア語の勉強をするときはいつも一緒にいてくれた。悪い言葉をたくさん教えてくれたわ。きっとあなたに対して使いたくなるからって」

「父は君のことが気に入っていた」

「愛してくれていたわ」確信に満ちたその口調に、ナジールははっとさせられた。「実の娘のように。イザズはよく電話やメールをくれたり、ちょっとしたプレゼントを送ってくれたりしたものよ。私と接触するなとあなたに言われていたのに」

彼女の声には深い悲しみがにじみ、ナジールは唾をごくりとのみこんだ。「父と連絡を取り合っていたのか？」

ヤナの笑みにほろ苦さが混じった。「イザズはいつも、勝手なことを言う世間なんか気にするな、君のすばらしさをわかっていないのだからと私を元気づけてくれたの」彼女の瞳に宿る愛を見て取ったナジールは、自分の意思で封じたはずの感情の海に放りこまれて、溺れそうになっている気がした。

父親が母親と和解したとき、ナジールはダイアナやその娘とこれ以上接触しないことを条件にした。頭では、自分がなぜそう主張したのかわかっていた。ダイアナは破滅しかもたらさない女性だったからだ。しかし、巻き添えを食っただけの娘のことは少しも考えていなかった。ナジールにキスをされたと嘘《うそ》をつかれても、ヤナを罰したいとは思わなかった。ただ、イザズの愛を奪うことがどれだけ彼女を悲しませるかを考えていなかっただけだ。

「君にはひどいことをしてしまった」

ヤナが寝室の外のテラスで遊んでいるザラと犬たちを見やった。「イザズはあなたのお母さんを捨てた自分のことをあなたが完全には許していないんじゃないかと思っていた。あなたとの絆《きずな》が元どおりになることはないと考えていたのよ」そこまで言うとナジールの視線を受けとめた。「あなたの心が離れて寂しかったんだと思うわ」

ナジールは立ちあがってベッドから離れ、震える手で顔をこすった。後悔が棘《とげ》のように喉を刺していた。「僕は父を許していたよ。母には気むずかしいところがあって、愛するのはたやすくなかったから」悲嘆が波となって押し寄せてきた。「僕に直接きいてくれればよかったのに。そうすれば僕の正直な気持ちを伝えられた。母との間に何があったにせよ、父はすばらしい父親だった。他に父はどんなことを話していたんだ?」

「私はあなたのことを悪く言ってイザズを慰めたの。するとイザズはいつもあなたをかばった。息子のやさしく愛情深い一面は、冷たく厳しい仮面の下に隠れているのだと言って」

その証拠に、息子を深く愛し、二度目のチャンスがあると信じていたイザズは、ナジールが自分を見失っているだけだと考えていた。彼の生活ぶりやジャクリーンとの結婚を認めてはいなかったものの、誰でも過ちを犯すことはあるからと、口出しはしなかった。しかし、ナジールの幸せを心から願っていた。

ナジールは自分を見失っていただけでなく、人生のあらゆるよいものから積極的に遠ざかっていた。ファティマを失ったことがあまりにもつらく、もう何も感じたくなかったのだ。

同情のこもったつぶやきが耳に入り、目を向けると、ヤナがつらそうな顔でこちらを見ていた。痛みを分かち合おうとしているのがわかり、ナジールはこれまで彼女につらく当たってきた自分を恥じた。

「あなたを傷つけるために言ったんじゃないの」

「わかっている」

ベッドの上でくつろぐヤナと、テラスに通じるアーチの下に立つナジールの目が合った。その瞬間は心が通じ合ったかのようだった。

ヤナは昔から誘惑の化身みたいだったが、あらがうのは簡単だった。彼女は常に、ナジールが忌み嫌うトラブルと自制心の欠如を体現していたからだ。

しかし今、ヤナは自分自身をさらけ出していた。二人の間に通い合う何かは一時的なものにすぎない。彼女はザラのためにここにいるのだから。しかし、それは刻一刻と強くなっていく。昨夜のように、また彼女から離れられるかどうかもわからない。

「君と父が連絡を取り合っていてよかった」ナジールは物思いを断ち切って言った。「父が君に……僕のことを話していたのも」

うなずいたヤナが何か言いたげに唇を開くのを見て、ナジールは待った。かつての彼女なら、ためらうことなどなかっただろう。そんなことにさえ、彼は喪失感を覚えた。

「どうして私をあなたの寝室に案内したの？」

「君と同じくらい僕も疲れきっていたからだ」ザラと犬たちがくしゃくしゃにしたシーツをヤナがはぎ取ると、ナジールは髪をかきあげた。Tシャツに浮かびあがる胸の先、ピンクのショーツ、引きしまった腿――ヤナの無造作なしぐさは罪深いほど刺激的で、彼は咳《せき》払いをした。「ここはザラの寝室とつながっているから、無意識に連れてきたんだと思う」

ヤナが嫌悪感を目に浮かべ、すばやくベッドから飛びおりた。「じゃあ、ここはジャクリーンと一緒に寝ていた部屋なの？」

「いや、違う。ジャクリーンが亡くなったあと、ザラのためにこの城を買ったとゆうべ言っただろう。ジャクリーンが誰かのためにパリを離れるなんてありえないことは君もよく知っているはずだ」

ヤナが日差しの降りそそぐ窓際に歩いていく。まぶしい太陽の光が彼女を照らし、体の曲線を浮かびあがらせる。ザラと犬たちの騒ぐ声だけが、禁断の領域にさまよい出しそうになるナジールの思考を押しとどめた。

「スタッフに別の部屋に案内してもらってもいいかしら？」ナジールが近づくと、ヤナは一歩下がって眉をひそめた。「何？」

彼はベッドの足元から色鮮やかな肩掛けを手に取ると、それをヤナに巻きつけ、端を胸の前で合わせた。だが、そのまま手を離さなかった。離したくなかった。こうして彼女と向かい合うことに、信じられないほどの興奮を覚えていたのだ。

ようやく肩掛けの端と端を結ぶと、ナジールは後ろに下がった。

唇に舌を這《は》わせながら、ヤナが彼を見つめた。

「君のTシャツはほとんど透けているぞ」

ヤナの下腹部がうずき、砂漠で何時間も過ごしたかのように喉が渇いた。彼女は寝巻き代わりのTシャツを引っぱった。昨夜は疲労困憊《こんぱい》していて荷ほどきをしなかったのだ。

ノーブラにTバックショーツというヤナとは対照的に、ナジールは褐色の肌に映える白いシャツとブラックジーンズという姿だった。こめかみにわずかに白髪が交じった髪はきちんとセットされている。

だが、カジュアルな服装も白髪もこの男性のセクシーな魅力を少しも損なってはいない。彼はあまりにもゴージャスだ。ヤナの肌は期待に張りつめた。

ナジールの魅力はその美貌だけではない。今朝は口元の緊張がやわらいでいて、とっつきやすく見える。それが間接的にせよ自分のおかげだと思うと、胸が喜びでいっぱいになった。

ヤナは肩を動かし、ナジールが巻きつけてくれた肩掛けをはずした。同じようにたやすく彼のぬくもりも振り払えたらいいのにと思いながら。仕事柄、半裸になるのはヤナにとって珍しいことではなかった。今さら恥ずかしがったりするつもりはない。

「透けたTシャツを着ているからって責められる筋合いはないわ」落ちた肩掛けが冷たい足を温かく包んだ。「ここに押しかけてきたのはあなたなんだから」

ナジールがてのひらを胸に当て、自分の負けだと言わんばかりにおおげさにため息をついた。

ナジールにしては大仰な身ぶりに、ヤナは声をあげて笑った。懐かしさがこみあげてきた。昔の彼に戻ったみたいだ。あのころは機知に富み、遊び心があって、私を嘲笑《あざわら》うときは自分自身も嘲笑っていた。

だが、こんなふうに一緒に笑い、ナジールの目に食い入るように見つめられていると、狂気の沙汰としか思えなかった。彼も私の整った顔と、飢え死にしそうになりながら手に入れた理想の体を見て楽しむ何百万という男性たちの一人にすぎないのだといくら自分に言い聞かせても、少しも助けにならなかった。ナジールをただの男性として見ることは不可能だった。

「とにかく、あなたの部屋を奪うことはできない――」

そこで別の声が聞こえてきてヤナの言葉をさえぎった。「ええ、そんなことはできないわ。また彼女があなたに色目を使うところを見せつけられるなんてごめんよ。ジャクリーンとのことで懲りなかったの？」

ヤナはその声の持ち主に気づいてぞっとした。あたりが痛いほどの静寂に包まれる。ザラが自分の脚にしがみつくのを感じ、抱きあげた。犬たちでさえ、ナジールの母親を警戒しなければならないことを本能的に知っているようにおとなしくなった。

ザラを怖がらせないためにヤナはなんとか甲高い笑い声をあげて反撃したが、すでに少女は彼女の腕の中で硬直していた。アミーナの後ろでアフメドがおろおろしているのを見たヤナは、ザラを彼のところに連れていった。「ザラ、支度ができたらピクニックに行かない？」

ザラが疑わしげな顔をした。「ほんと？」

「ええ。今日はいいお天気だし、一日外で過ごしましょう。朝食がすんだら、長靴を用意して。ここは森の中なんだから妖精を探しに行かなくちゃ」

「妖精！」ザラが顔をほころばせ、アフメドの腕の中から身を乗り出して言った。「遅れないでね、ヤナおばちゃん」だが、祖母をちらりと見たとき、少女の額に不安そうなしわが寄ったのを誰も見逃さなかった。

ザラとアフメドが出ていくとすぐにヤナはナジールに詰め寄った。「文明から遠く離れたこの場所に、ザラをあなたの母親と一緒に閉じこめたの？　あなたの母親は私を嫌う以上にジャクリーンを嫌っていたのよ。ジャクリーンの悪口をザラに聞かせるのは賢明かしら?」

「ザラの母親に対する嫌悪感をあらわにしてあの子を傷つけたことはないわ」アミーナが言い返した。

「でも、私がここに来た最初の朝に悪く言ったのは確かです」ヤナの声が震えた。「ザラがあなたの気持ちを感じ取っているのがわからないんですか?」

これ以上アミーナに攻撃するチャンスを与えまいと、ヤナは寝室の巨大なドアを彼女の目の前で閉め、背中をドアに押しつけた。これでナジールがつき添いならいると言った意味がわかった。

ナジール以上にヤナを恨んでいる者がいるとすれば、それは彼の母親だった。結婚生活を破綻させたダイアナとその娘であるヤナを、アミーナは心底憎んでいる。ましてその娘は息子にキスをされたと嘘をついたのだ。

ヤナはクローゼットから旅行バッグを取り出し、ナジールに向き直った。「ザラと私のためにホテルのスイートルームを取ってちょうだい」

「それはできない」

「ここにアミーナと一緒にいるつもりはないわ」

「ヤナ、聞いてくれ」

「妖婦呼ばわりされるのはごめんよ」

「君をそんなふうに呼んだことはない。十年前、僕にキスをされたと嘘をついたときでさえね。君は人を罠にかけるにはあまりにも正直すぎる」

「私を落ち着かせるためにそんなことを言っても無駄よ」

ヤナは裏切られた思いで広いウォークインクローゼットの中に足を踏み入れた。ナジールの母親ほど悪意に満ちた真実を口にできる者はいない。そして今のヤナは弱気になっていた。母親の裏切りからも祖父の死によってもたらされた虚脱感からもまだ立ち直っていなかった。

「アミーナがここにいると言ってくれればよかったのに」

「そうしたらここに来なかっただろう」

「来なかったからって私を責められる？」

「大事なのはザラだ。母もそれはわかっている」ヤナがにらむと、ナジールは降参のしるしに両手を上げた。「約束する、母を君には近づけない」

「ガムみたいにべったり私に張りついていない限り、約束なんかできないはずよ」奇妙な感情の波が胸に押し寄せてきた。アミーナの言うとおり、ナジールと一緒にいたら、また自制心を失ってしまうかもしれない。「あなたには母親を思いどおりにすることなんてできないわ。去年、元夫を亡くしたばかりのアミーナの悲しみも喪失感も……憎しみも。でも、私はさんざん母に振りまわされてきたし、あなたにも過去の過ちについて繰り返し責められてきた。そのうえアミーナにも非難されるなんてごめんよ。たとえザラのためでもね。言わせてもらえば、私だってずっと前にイザズを失ったのよ」

ナジールがじっと立っているせいで、ヤナはどうかなりそうな気がした。イザズから引き離されたときに必死の思いで封じた怒りを彼にぶちまけてしまいそうだった。

厄介で傷つきやすい本当の自分をさらけ出してしまいそうだった。誰からも見向きもされなかった女の子だった自分を、大事にしてもらう価値も愛される価値もないと思っている女性である自分を。

「大人になっても、身近な人の言葉でどれほど深い傷を心に負ったのか私はわからなかった。でも今は違う。母やあなたやアミーナに傷つけられつづけるのはまっぴら。もし私がどうかなってしまったら、ザラはどうなるの？」

ナジールの手がヤナのうなじに回され、しっかりと、だがやさしくつかんで、彼女をなだめた。「さあ、息をして、いとしい人《ハビブティ》。大丈夫だから」

「私——」

ナジールの腕の中に引き寄せられ、ヤナは抱擁にひたった。それは彼女にとって呼吸と同じくらい必要なものだった。長い間、触れられることに飢えていた。理解されることに飢えていた。こんなふうに彼に抱かれたかった。

「君はここにいれば安全だ、ハビブティ」ナジールがヤナのこめかみに語りかけ、まるで彼女が世界で最も壊れやすく、最も貴重なものであるかのようにそっと抱きしめた。息が浅くなり、体が震えだしても、彼はひたすらやさしい言葉をささやきつづけた。ベルガモットとサンダルウッドの香りでヤナを包みこみ、大きな手でなだめるように背中を撫《な》でた。

前にも一度、こんなことがあった。ずっと昔に。ナジールはやさしく、忍耐強く、そして……。でも今、こうして抱きしめているのは、私が倒れそうになっていたからだ。私をここに引きとめるためなら、彼はどんなことでもする。すべてはザラのため。

娘を愛しているからこそ、ナジールは私を再び彼の人生に呼び戻したのだ。

ヤナはナジールから離れた。「あなたは私がアミーナの暴言にさらされてもかまわないと考えたのね。でも、私はもうたくさん。せめてザラのために、アミーナにはジャクリーンのことをとやかく言うなと釘《くぎ》を刺しておいて。私はここに残るけど、あなたのためじゃないことは言っておくわ」

ヤナはバスルームに入ると、閉めたドアにもたれかかった。アミーナなんかには負けない。それに、ナジールへの憧れも今なら克服できる。自分のためにも、ザラのためにも、もっと強くなろう。

7

ザラの小さな手を握りながらヤナがプールに向かうのを見た数分後、ナジールは仕事を片づけるふりをするのをやめた。城の複雑な廊下を歩いていると、二人の笑い声がいくつもあるテラスの一つから聞こえてきた。

ヤナが城に来てから二週間あまり、ナジールは仕事のほうが大事だと自分に言い聞かせていた。だが、自分とジャクリーンでは築けなかった幸せな家族というものをザラに実感させるのが望みなら、仕事などしていてもなんの役にも立たない。

毎日、犬の散歩が終わると、ヤナはザラを連れてプールに向かった。ザラが養育係《ナニー》につき添われて昼寝をしたあとは、二人で居心地のいい図書室に行き、本を読んだり、絵を描いたり、音楽を聴いたりした。夕食をとるときもいつもザラと一緒で、ヤナがナジールとの接触を最小限にするよう綿密に計画を立てているのは間違いなかった。

ナジールはザラに積極的に学び、かつのびのびと遊んでほしいと考えていたが、これまで雇ってきた数多くのスタッフの誰一人としてそれを実現することができなかった。ところが、ヤナがここに来てわずか二週間ほどで、ザラはよく笑い、以前より心を開いて、五歳児らしい要求をするようになった。母親のアミーナでさえ、ヤナにはザラを娘同然に愛する天性の能力があると認めざるをえなかった。

しかし、ナジールに対してはひどくよそよそしく、彼は皮膚に棘《とげ》が刺さっているように感じた。イザズの死を悼むヤナの悲痛な告白を聞いたときには、自分は彼女の人生において悪役なのだと思い知った。

ジャクリーンがザラの単独親権を得るためにヤナを証人として申請したと知ったとき、ナジールは彼女と完全に絶縁した。だが、この城でヤナのザラに対する純粋な愛情を目の当たりにして、自分の非難が正しかったとは思えなくなった。ジャクリーンはヤナに内緒で彼女を証人にするよう弁護士に指示したに違いない。

十年前、ヤナに触れたこともないのにキスをしたと言われたが、あれはまだ十九歳だった彼女が子供じみた愚かな衝動に駆られたにすぎない。僕ははたして彼女より十二歳も年上の男にふさわしいふるまいをしただろうか？　彼女より大人らしい態度をとったと言えるのか？

今、ヤナに徹底的に拒絶されていると、ナジールは自分でも気づかなかった何かを奪われた気がした。ヤナに惹《ひ》かれているのは認めざるをえないが、彼女ともっと親しくなりたいという欲求はどこから来たのだろう？　自分の罪を許してほしいという願いはどこから来たのか？

どうであれ、ヤナがすでに娘の人生の一部であり、自分の人生の一部であると考えると、そういう欲求や願いは好ましいとは言えない。しかし、もう気づかないふりはできなかった。

ヤナはプールサイドに座り、水泳インストラクターから泳ぎを教わるザラを応援していた。やがて彼女が立ちあがると、ナジールは息を吐き出した。

ヤナの肌は金色に輝いていた。鮮やかなオレンジ色のビキニは三つの三角の布切れから成り、彼の欲望を刺激してやまなかった。彼女の動きの一つ一つが官能的で、八〇年代のボンドガールを思わせた。

水泳インストラクターと打ちとけたようすで会話を交わしたヤナは、かがんでザラをプールから引きあげると、大きなタオルで包み、小さなタオルを少女の髪にターバン風に巻きつけた。

「あなたも彼女があの男の子といちゃついているのを見たでしょう？　ザラのそばでそんなことをしていていいのかしら？」

母親のあからさまな侮辱に、ナジールのいらだちは危険な域にまで達した。もちろん彼は見ていた。ヤナが笑ったり、インストラクターの腕をたたいたり、おしゃべりしながら彼のほうに体を傾けたりするのを。インストラクターのほうも気さくなようすでほほえみを返していた。

今までナジールが理解していなかったのは、ヤナのあの活気や奔放さがいかに本質的なものであるかということだった。彼女は稲妻も同じで、触れるものすべてを照らすか燃やすかのどちらかなのだ。そして、ヤナと一緒に燃えることを想像するだけで、彼の体には興奮の波が押し寄せた。

ナジールは母親にいさめるような視線を向けた。

「やめてください、母さん」

「あなたはきっと後悔する――」

「お願いだからやめてください」

ヤナは再会してすぐに、アミーナがやり場のない悲しみを抱え、それをまぎらすために怒りを吐き出していることを見抜いた。この一年、ナジールはザラと一緒にいたいという母親の要求に屈してきた。元夫を亡くした喪失感が理解できたからだ。彼自身もかつて愛した女性を失った。記憶の中のファティマの顔はぼやけてきているが、喪失感はいまだに胸に居座っていた。

しかし今、母の言葉が、母親を亡くした我が子を傷つけている。ヤナに指摘されるまでザラが祖母に気を遣っているのに気づかず、そのことでナジールは自分を責めていた。「ヤナに礼儀正しく接することができないのなら、出ていってください」

「私はザラの祖母よ。この一年、あなたがあの子の面倒を見るのに手を貸してきたのに」

「そのことは感謝しているし、ザラには母さんを愛してほしいと思っている。ただ、ジャクリーンやあの子の大事なヤナおばちゃんについて、母さんが言うこと言わないことすべてがザラに伝わるんです」

「あの子はまだ五歳――」

「母さんと過ごすときは必ず僕にもそばにいてほしいと、あの子に言われているんですよ。それが何を意味するか、母さんは理解できるはずです」

息子の厳しい言葉に母親が傷つくのがわかったが、真実は伝えなければならなかった。もし母が態度を改めなければ、娘の心に深い傷を残すことになるだろう。

「嘘《うそ》つきで浮気者で、私の結婚をだいなしにした女の娘の味方をするの？」

問題の核心はそこにあった。「僕が味方をするのはザラだけですよ。もし母さんが自分の悲しみをいっとき脇に置いておけるなら……」彼は手を上げて母親の抗議を制した。「ヤナと一緒にいるときのザラがどんなに生き生きしているかわかるでしょう。ヤナにはこの先もずっと僕たちに関わってほしい。つまり、過去は水に流さなければならないということです。父さんとダイアナが出会ったとき、ヤナはまだ子供だったんですよ」

「彼女がついた嘘のことはどうなの？」

「彼女は若くて世間知らずで、善悪を教えてくれるのはダイアナだけだった。なのに僕は残酷に彼女を拒絶してしまったんです」あのときのヤナの打ちひしがれた顔が今も頭から離れない。もっとやさしくたしなめることもできたはずだ。

なのに、ファティマを失った悲しみと自責の念からまだ立ち直れず、ヤナを傷つけてしまった。ナジールは今ようやくはっきりと真実を悟った。ヤナは十九歳という若さゆえの奔放さと純真さ、それに激しさをもって僕に恋していたのだ。

「僕にできるなら、母さんにもできるはずです。それに、父さんが母さんのもとを去ったことはヤナに責任があるわけじゃない」

「あなたは彼女に惹かれているのよ」母親が震える声でささやいた。「まったく男っていうのは！」

ナジールは返事をしなかった。

「彼女はあなたにふさわしくないわ」

「僕が選んだジャクリーンは何度も僕を裏切った。ただ、僕が彼女をそうさせたとも言える。それにヤナは僕を見るのもいやみたいだから、お話になりませんよ」

「そんなことはありえないわ」

「息子の魅力をずいぶん買いかぶっていますね」

「ザラにとってヤナがそんなに大事なら」母親が立ち去りながら言い捨てた。「彼女とは距離を置いたほうがいいわよ」

ナジールは考えこんだ。三年以上独身を貫いてきたせいで欲求不満に駆られているのだろうか？　いや、違う。僕を駆りたてているのはそんなものではない。

二人の間には奇妙なエネルギーがみなぎっていた。ナジールは今、ヤナの生来の激しさが自分を嫌悪することにそそがれているのを感じた。ジャクリーンとの結婚生活の経験から、嫌悪が無関心とは違うのはわかっている。

ヤナが泳いでいる間、ナジールはデッキチェアでくつろぎながら、午後の明るい日差しを浴びていた。こんなふうに自分のために時間を使うのはいつ以来だろう？　女性と会話を交わすことを考えただけで興奮を覚えるのはいつ以来だろうか？

ヤナがなめらかな動きでプールから上がった。金色に輝く肌についた水滴がみずみずしい胸の谷間や細いウエストをなぞって落ちていく。彼女はナジールの前を通り過ぎていった。まるで彼が敷地のあちこちにある彫像の一つにすぎないかのように。

そのときナジールは突然、魔術師の手によって命を吹きこまれた彫像のように、ファティマが自分の腕の中で息絶えて以来ずっと封印していたものが解き放たれるのを感じた。


二週間以上も目を合わせることもなかったナジールが、こんな真っ昼間にプールサイドで自分を待っていたことにうろたえたとしても、ヤナはまばたき一つしなかった。タオルで体をふくと、日焼け止めを手に取り、腹部と脚にたっぷりと塗りはじめた。

そのようすをナジールは近くで見ていた。ヤナが背中を丸めてビキニのトップを引っぱり、すばやく胸にも日焼け止めを塗る。そのあと体をひねって背中に手を伸ばした。

ナジールは立ちあがり、日焼け止めを取りあげた。「手伝おう」

ヤナは顔も上げなかった。「自分でできるわ」

ここで立ち去ってたまるものか。「僕が触れると不快になるというわけか」

ヤナの華奢《きゃしゃ》な肩がこわばった。「あなたが触れたら、なぜ不快になると思うの？」

「なぜかな」ナジールはなんとか唇をゆがめないようにしながら、肩をすくめた。「だが、君が僕に近づかないでいるのを見れば、そう考えるのも無理はないだろう」

きっかり三十秒後、ヤナがナジールを見あげた。切なくなるほどきれいな顔には決意が刻まれている。ヤナがナジールの持っている日焼け止めを見てうなずくと、彼はすぐそばに膝をついた。

間近で見るヤナのはっとするほどの美しさに、ナジールの欲望が目覚めた。まるで見るたびに新たな発見をもたらしてくれる精緻な絵画のようだ。

ヤナが反抗的に顎を上げ、こちらに背中を向けた。上から見おろすと、見事な胸の谷間が目に入った。のぞき見しているようなやましい気分になるべきか、欲望が復活したことを喜ぶべきか、ナジールにはわからなかった。だが、そんな考えは脇に置き、日焼け止めをてのひらにたっぷり取って彼女の背中に塗りはじめた。

てのひらの下にはなめらかな肌と引きしまった筋肉があった。こんな単純な行為にこれほど官能的な喜びを覚えるはずがないのに、ナジールは自分の体がどんどんこわばってくるのを感じた。性的な接触ではないが、自分の指とヤナの肌の間に熱い火花が散るのが見える気がした。

両手を上にすべらせると、ヤナの肩が凝っているのがわかった。「ザラのせいで疲れたのかい？　起きている時間のほとんどを五歳児の世話に費やせば、誰だって疲れはてるだろうな」ナジールが肩の頑固な凝りを指先でそっと押さえると、ヤナが小さくうめき、その声が彼の下腹部を直撃した。

「すてきなお城を探検するからよ」ヤナが答えた。

彼は原始的な衝動を感じつつも、いたずらっぽく言った。「この城が気に入ると思っていたよ」

「空想好きのティーンエイジャーみたいにね。お城に魅力的な王子さまが住んでいるとなればなおさらだわ」

「僕は悪魔だ。そうだろう？」

「むしろ野獣ね」ヤナが即答した。

ナジールが息を浅くしながら鎖骨に触れたとき、ヤナの肩が震えた。こんなに華奢な体に活気や情熱が詰まっていることを思うと、驚嘆せずにはいられない。

突然ヤナが立ちあがり、後ろに下がった。金色の肌がほてっている。頬や首筋だけでなく、胸元まで。

「痛かったのならあやまるよ」目の前の光景に目を奪われながら、ナジールは言った。

欲望が血管を駆けめぐり、頭の中の歯車が噛《か》み合ったとたん、真実が彼をとらえた。彼女は間違いなく僕を求めている。

「あなたにちょっと痛い思いをさせられたからって、うろたえたりしないわ」

「だが、もっと加減すべきだった」ナジールは我に返って言った。

世界で最も美しい女性に求められているというだけで、ナジールの心は舞いあがった。それはまた、まるで週替わりで違うフレーバーのコーヒーを選ぶように浮気をしていた妻に傷つけられた男の自尊心をなだめてもくれた。

「この前君が言ったことについて話したいんだ」

ヤナが薄手の白いローブをはおり、紐《ひも》をきつく結んだ。

ナジールは紐の端を引っぱってヤナを抱き寄せたいという狂気じみた衝動に駆られた。そうすれば、二人が覚えている焦燥感を焼きつくせるだろう。

「その必要はないわ。この二週間ほどであなたと礼儀正しい関係を築くことができるとわかったもの。お願いだから、過去を掘り返すのはもうやめて」

「たとえ僕が許しがたいほど間違っていたことを認めるためであったとしても?」

ほんの一瞬、目に切望らしきものがよぎり、ヤナは話すチャンスを与えてくれそうに見えた。

しかし、すぐに首を横に振った。アップにしていた金茶色の髪がほどけて顔を縁取った瞬間、彼女は野獣にとらわれた美しく純真な乙女のように見え、ナジールはあのいまいましいおとぎ話、『美女と野獣』が嫌いになりかけた。

「今日は夕方五時ごろ、友人が迎えに来るの。ザラにはもう話してあるから心配しないで。明日の朝、アラビア語のレッスンが終わるころには戻ってくるわ。彼が電動ゲートから入れるよう、警備員に伝えておいてくれる？」

「断る」

「どういう意味？」

「警備員には彼を入れさせない」

ナジールは背を向けて歩きだした。ヤナとの間にあるものを探りたくなどないとずっと自分をごまかしてきたが、嘘をつくことでどうにか彼女を遠ざけようとするのはもうたくさんだった。

今はただヤナと一緒にいたかった。彼女の許しを得たかった。彼女の伸びやかな笑い声を聞き、彼女にじっと見つめられたかった。

するとヤナがナジールの肩をつかんで振り向かせ、顔をぐいと近づけた。今にも感情を爆発させそうだ。

「年のせいで頭の働きが鈍くなっているのかしら？私はあなたの許可を求めているわけじゃないのよ」

ナジールは笑った。

みずみずしい唇を開き、ヤナがまじまじと彼を見つめた。そのまなざしは、午後の暑さの中で泳いだあとに冷たい飲み物でも見たかのようだ。

「いや、幸いにも僕の頭の働きは今、最高の状態を保っているよ、いとしい人《ハビブティ》」

ヤナが唇を閉じ、そしてまた開いた。顔には好奇心が躍っている。ナジールの負けだった。「友人が私を迎えに来ることにノーと言っているの？　それとも私が出かけることにノーと言っているの？　なぜ私にノーと言う権利があると思うのかわからないわ」

「どちらもだめだ。一つめは、君の不特定多数の友人に僕の家を知られたくないから。二つめは――」

「じゃあ、アフメドに最寄りの村まで送ってもらうわ」

「僕たちが条件について話し合ったとき、君は休みが欲しいなんて言わなかった」そもそもヤナを〝男友達〟に会わせる気などみじんもない。いっそ冷酷で傲慢な野獣に徹したほうがおもしろそうだ。「契約にない以上、休みを取るなんてありえない」

ヤナが胸に手を当てて押したが、ナジールはびくともしなかった。そして、怒ったときの彼女がいかに生き生きとしているかを知った。

ナジールは両手を上げ、わざと甘い笑みを浮かべたが、それがヤナをますます激高させるだけなのはわかっていた。彼女が怒りの頂点に達し、衝動的な行動に出るところを見てみたかった。そして、彼女が巻き起こす感情の嵐の中に身を投じ、もみくちゃにされてみたかった。

夕食前におやつを食べさせてもらえなかったザラのようにヤナが足を踏み鳴らした。「ときどきあなたが本当に憎らしくなるわ」

「この二週間みたいによそよそしくされるより、憎まれているほうがましだ」

ヤナが真っ赤になった。「私は契約を守って、ほとんどの時間をザラと過ごしているわ。あの子と一緒に過ごすのは好きよ。離れているのはあの子が昼寝をする一時間かそこらと、夕食を食べて寝たあとだけ。それなのに――」

ナジールはヤナに近づいた。答えを得ずに彼女を行かせるつもりはなかった。「どこに行って、何をするんだ？　まさか、パーティ好きのスーパーモデルが夜の七時にベッドに入るとは思わないが」

「あなたには関係ないでしょう」ヤナが激しい口調で言い返した。「あなたが今言ったように、私は長い間一箇所に閉じこめられるのに慣れていないの。たまには夜の街に出かけたいのよ」

「どこに行きたいんだ？」

ヤナが返事をする代わりにかわいらしく鼻の頭にしわを寄せた。ナジールは胸の奥の何かが溶けだすのを感じながら、自分の中のどれだけの部分が長年凍りついていたのかと思った。

「ナイトクラブよ。踊りたいの……エネルギーを発散させないと」

「数日くれたら、僕が連れていくよ」

ヤナが笑った。まるでコマ送り動画で日の出を見ているかのようだった。息をのむほどの美しさに、ナジールは息が詰まりそうになった。

「あなたがナイトクラブに？」

「興奮しているというより、怖がっているみたいだな。何がそんなに怖いんだい？」

ヤナがごくりと唾をのみこんだ。「あなたがナイトクラブに行ったら、大騒ぎになるわ。また一緒のところを写真に撮られるなんてごめんよ」

「ミラとヌーシュは君の居場所を知っているんだろう？」

「姉や妹から身を隠そうとはしていないわ」

「ここにいれば誰も君には近づけない。怖がる必要はないよ、ハビブティ」まるで何千回も言ってきたかのように自然にナジールの口から愛する人への呼びかけがこぼれた。

「あなたが思っているようなことじゃないの。ただ、母に私の居場所を知られたくないだけ」

ナジールはヤナが母親から隠れたがっていることに驚きはしなかった。ダイアナは決していい母親とは言えない。

ヤナの秘密を探り出そう。パーティガールの仮面の下に隠された本当の彼女を知るのだ。そうすれば、彼女への渇望を断ち切ることができるかもしれない。

「数日後に城でディナーパーティを開こう。二人きりはいやだろうから、お客を呼ぶよ」

「お客って？」その一言に不安がにじんだ。

「僕の友人たちだ。話をするにせよ、ダンスをするにせよ、僕以外と楽しめる」

ヤナが目を見開いた。「本気？　あなたの秘密のお城で友達に私を紹介するつもりなの？　どういう心境の変化なのかしら？」

「君は勝手に僕という人間を決めつけて、思いこみを払拭する機会も与えてくれない。なぜ君が思いこみにしがみつくのか……それは君にとって鎧《よろい》のようなものだからだ」

ぽかんと口を開けたまま立ちつくすヤナを残してナジールは歩き去った。彼女に、それ以上に自分自身にいらだちを覚えていた。

僕は誘惑の化身のような女性を自分の人生に、家に、はてはベッドにまで引き入れてしまったのだ。

8

ヤナが城でのディナーパーティに着るものをウォークインクローゼットで探していると、ドアをノックする音が聞こえた。

一瞬、ナジールが誘いを取り消したことをスタッフが伝えに来たのだろうかと思った。というのも、あれから数日たった今でも、彼の心変わりが腑《ふ》に落ちなかったからだ。

ザラのために私に寛大になるのと、積極的に私を誘うのはまったく別のことだ。ただ、ナジールの動機がなんであれ、彼の生活ぶりを垣間見ることができるこのチャンスを無駄にしたくはなかった。

ドアを開けると、アフメドと若い女性がドレスを何着もつるしたラックを押して入ってきた。そのあとにザラが続く。ヤナはアフメドのあとを追った。

「いったいどういうこと？」

「サー・ナジールは今夜に備えてあなたの身支度を手伝ったほうがいいとお考えのようです」

「そうなの？」ヤナは苦々しさを抑えて尋ねた。「私が彼の高貴な友人を困らせるとでも思っているのかしら？」

アフメドが首を横に振った。「こちらは私の娘のフーマです」そこで若い女性を手招きする。「もしよろしければ、パーティのためのお支度をお手伝いさせていただきたいのですが」

「私は自分の手持ちの服のどれかを着るつもりよ」ヤナはナジールの意図を警戒して言ったものの、フーマの落胆した表情を見て、気がとがめた。「もちろん、ナジールのすてきなディナーパーティを想定して荷造りしたわけじゃないから、持ってきてくれたものも試しに着てみたいわ」ヤナは何着もの中から薄いシフォンでできたクラシックなデザインのイブニングドレスに指をすべらせた。この業界で十年以上働いてきたおかげで、ファッションを見る目は肥えている。「ゴージャスね。これはみんなあなたがデザインしたの？」

フーマの目に誇りと喜びが輝いた。「はい。ファッションを勉強しているんです」

アフメドが娘を前に押し出した。「サー・ナジールが娘の教育費を出してくれているのです。ファッションの本場で学んでもいいのに、私のことが心配だからと地元を離れないんですよ」

父と娘の間に通う愛情にヤナは温かい気持ちになり、ふいにナジールがこの提案をした理由を悟った。彼が私以外の人に対して親切なのは驚きではない。冷たくするのは私に対してだけだ。

〝たとえ僕が許しがたいほど間違っていたことを認

めるためであったとしても？〟

ナジールの問いかけがいまだにヤナを悩ませていた。彼は本当に私にあやまりたいのかしら？　二人の間に新たな関係を築きたいの？

「フーマ、あなたの作品を着たいわ。ただし、代金はちゃんと払わせてね」

フーマが首を振った。「とんでもない。私のデザインしたドレスを着てもらえるなんて夢みたいです。着ているところを写真に撮らせてください。誰にも見せませんから。ＳＮＳにもアップしません。ただ……ゴージャスなヤナ・レディが私の作品を着てくれたという証拠が欲しくて」

ヤナはフーマの手を握った。「ＳＮＳにアップしたってかまわないわ。ここだけの話、モデルの世界にはちょっと飽き飽きしているけど、カメラマンやデザイナーはたくさん知っているから、よければ紹介するわね」

「ミズ・レディ、あなたが紹介してくださる方々があなたみたいなら、娘を安心してまかせられます」アフメドが言った。

ヤナは自分がそんな全幅の信頼に値するどんなことをしたのか見当もつかなかったが、子供のころお気に入りの毛布のように相手の言葉の温かさにひたった。「さてと……」手を打ち合わせると、ザラを抱きあげた。「あなたも今夜のドレス選びを手伝ってくれる？」

ザラが絶対に離れまいというようにヤナに手足を巻きつけた。これまでずっとヤナは三カ月後に訪れる別れを恐れていた。ナジールと同じ屋根の下で暮らしたくなかったはずなのに、今では城での生活がすっかり気に入っている。息子に何を言われたのか知らないが、アミーナが口を出してこなくなってからはなおさらだった。

「ヤナおばちゃんをお姫さまにするため？」

ヤナは笑った。「そうかも。王子さまに救われるんじゃなくて自分で自分を救うお姫さまになりたいけど」

ザラがうなずいた。まるで大人というものの複雑さと、自分で自分を救いたいという気持ちを理解しているかのようだ。

「でも、私が完璧なお姫さまになるために、ドレスはフーマに、髪はあなたにお願いしたいわ。いくら勇敢なお姫さまだって、得られる限りの愛が必要なのよ」

「ねえ、お祖母《ばあ》ちゃま、聞いた？　ヤナおばちゃんがあたしに髪を結ってって」

ドア口でようすを見ていたアミーナが孫娘に会話に引っぱりこまれ、おずおずと笑みを浮かべた。

「その見事な髪を本当にザラに結ってほしいの？　この子はだいなしにしてしまいそうだけど」

「かまいません。今夜はランウェイを歩くわけでも、千台ものカメラを向けられるわけでもありませんから」だが、これまでのキャリアの中で最も長く最もきついイベントでさえ、今みたいに胃の中で蝶《ちょう》がはばたくような不安を感じたことはない。

パーティをこんなに楽しみにしている私はどうかしているのかしら？　ナジールをただの雇い主として見るという誓いはどこへ行ってしまったの？

「ザラが髪をどうしようと、あなたは美しく見えるわ」アミーナがつけ加えた。「それじゃ、モデルは辞めてしまうの？」

ヤナは心の中のショックを声に出さないようにして言った。アミーナは蝙蝠《こうもり》並みに耳がいい。「そういうわけでは……十年以上モデルをしてきて、他に何かできるわけでもありませんから」

その言葉はヤナの口に苦い味を残した。実はひそかに子供向けのファンタジー小説を書いているのだが、まだ出版エージェントへの売りこみには成功していない。

作家になるのはヤナの新しい切実な夢だった。ナジールのファンタジー小説が自分にしてくれたように、子供たちの人生に逃げ場所や冒険や愛を与えたい。だが、結局自分には成し遂げられないのではないかと彼女は恐れていた。ナジールに自分の原稿を読んでもらい、フィードバックやアドバイスを得ることも考えたが、自分の才能のなさを見抜かれたり、笑い物にされたりすることを考えると、怖くてできなかった。

ヤナはザラを抱いたまま、ここに到着して二日目に寝室に運ばれた巨大な化粧台に向かった。それは今まで見た中で最も美しい化粧台だった。三面鏡付きで、まさにお姫さまの所有物にふさわしい。オークションで手に入れた貴重な品に違いないが、ヤナはその前に座るたびに、ここは本来ナジールの寝室なのに、なぜここに置いたのか不思議に思った。

「まずメイクをするわね。柔らかい印象に……」

「だめ、ヤナおばちゃん。きらきらのお姫さまにはきらきらのメイクじゃなくちゃ」

みんなが笑い、ヤナはうめき声をあげた。「ああ、ザラ、パパのお客さんにヤナおばちゃんが笑い物にされたら困るでしょ」ナジールに誘われて以来、ずっとつきまとっていた不安が声ににじんだ。いや、あれは誘いというより指示だった。

ヤナの声から何を聞き取ったにしろ、アミーナが彼女の後ろに立った。「女性にとって第一のルールは、男性に自分のよしあしを決めさせないことよ」

ヤナは鏡に映る年配の女性に向かって軽くうなずいた。アミーナの目が満足げに輝いたように見えたのは気のせいだろうか。「さて、始めましょう」今夜の支度が楽しみになってきた。「こんなにたくさんの魔法使いがいるんだから、きっと美しく仕上げられるわ」

ダイニングルームに入ったヤナは、おごそかな静寂に包まれた。

荘厳な天井と、他のいくつもの部屋へと続くアーチがあるこの部屋は、まるで古い映画に出てくるような趣がある。明るく照らす壁の燭台《しょくだい》、きらびやかなシャンデリア、黒と白の市松模様の大理石の床など、別世界の雰囲気が漂う。ひときわ大きなアーチをくぐると、開放的で風通しのいい舞踏室があり、そこではすでに一組のカップルがゆっくりとダンスをしていた。レコードプレーヤーから流れるジャズと低く響く歓談の声がいかにも知的な集まりを思わせ、ヤナは居心地の悪さを感じた。

全員の視線が彼女に向けられ、話し声が消えた。

部屋の片側には大きな石造りの暖炉があり、広いテラスに面したフレンチドアから見える山々とは対照的だ。テラスからは葉巻の煙がドアを通って流れこみ、部屋の神秘的な雰囲気を強めている。煙とともに冷気も忍びこみ、暖炉がある側は暖かいが、反対側はひどく寒い。想像どおりの不思議な空間だった。

ヤナはすぐに客たちが親密な友人同士であることに気づいた。緊張が高まり、一日じゅう感じていた興奮を追いやった。

これではまるで、私がナジールの知的な友人たちに溶けこめるかどうかのオーディションだ。でも、溶けこめなかったとしても、どうだというの？

そんな思いに後押しされ、ヤナは肩の力を抜いた。彼女の視線は四組のカップルにそそがれ、それから暖炉の隣に立つナジールに向けられた。ヤナの全身を眺める彼の瞳は、バーワゴンに置かれたデカンタの中の琥珀《こはく》色の液体よりも輝いていた。

ヤナとフーマが選んだ鮮やかなピンクのシフォンのイブニングドレスは、日焼けした肌に美しく映えていた。前身頃はビーズがちりばめられ、背中はヒップの上まであらわになっている。ヤナがこれまで着た中で最も大胆なドレスというわけではないが、ここに集まった人々にとっては最も大胆かもしれない。

ジャズが柔らかなビートを奏で、夜鳥の鳴き声が外から流れこんでくる。そのすべてが、この瞬間のために完璧に作られたサウンドトラックのように感じられた。

「君が僕たちを避けていた理由がわかったよ、ナジール」低い声がヤナのそばから聞こえ、彼女とナジールの間の高まる緊張を破った。

また別の声が聞こえた。「我らがミスター・ハディードは、見かけほど禁欲的じゃないってことだ」

ヤナは二人の男性のほうを向いた。それぞれにハンサムな二人は互いに腕を回している。ごく自然な友情を感じ、彼女はうなずいて口元に笑みを浮かべた。

ナジールが近づいてきた。長年彼の魅力に反応しないよう訓練してきたおかげで、ヤナはなんとかあえぎ声をのみこむことができた。黒いジャケットに白いシャツ、黒いズボンという服装の彼は、まるで銀幕のスターのようだった。髪を後ろに撫《な》でつけ、指には葉巻をはさんでいる。

ヤナは平静を装いながら心ゆくまでナジールに見とれ、欲望に身をゆだねて、五感で彼の魅力を存分に味わった。たとえ百年生きても、ナジールほど魅力的な男性に出会うことはないだろう。

ナジールがヤナに手を伸ばすと、ヘアクリップからほつれた髪を一房、耳の後ろにかけた。「今夜のヘアスタイルは……魅惑的だ」

ヤナは笑い、そのさりげないしぐさに感じたほてりをごまかした。「五歳児の手仕事に対してそんなほめ言葉を思いつくのは父親だけね」

彼の眉が上がった。「ザラに髪を結ってもらったのか?」

ヤナはうなずいた。

「驚いたな。あの子はいつも僕にヘッドマッサージをしてくれるんだが、それがひどく痛くてね。どうにか説得して月に一回にしてもらった。このままだと、かわいそうにパパの髪は全部なくなっちゃうよと言ってやったんだ」

ヤナの視線はナジールのウエーブのかかった豊かな髪に移った。こめかみの白髪が彼の魅力をさらに高めている。その髪をすきたくて指がうずいた。

「そんな心配はなさそうだけど」

「今夜の君は食べてしまいたいくらいおいしそうだ」そう言ってナジールがヤナの手を取った。さりげない触れ方だが、彼のざらついた指の感触に、ヤナの体の芯に震えが走った。「いや、食べたいんじゃない、むさぼりたくなる」

渇望が体を貫き、ヤナは思わずよろめいた。むき出しの背中にすばやく当てられたナジールのてのひらは温かく、がっしりしていた。

ナジールがほんの一瞬ためらい、それからヤナの背中を見た。ヤナはほほえんだ。どんな服でも似合うことはわかっている。そういう美しさが自分にとって意味を持たなくなって久しい。美貌は道具であり、武器であり、生計を立てるための手段でしかなかった。だからもう長いこと、己の美しさに対しては無関心だった。

だが、自分の体や心や弱さを憎むことは、毒のように生気を奪う。だからヤナはせめて自分の容姿を尊重することにした。たとえ世間に見せている姿が内面とは違っていたとしても。

しかし今夜は、ナジールに見つめられるたびに純粋な喜びが下腹部を締めつけた。彼の低いうめき声や、自分がここに入ってきたときに顔に浮かんだ驚きや、背中をくすぐるようにすべる長い指に、興奮を覚えていた。

すでにヤナは快感にひたっていた。

「そのドレスには注意書きが必要だな」ナジールが声のかすれを隠そうともせずに言った。

「私もフーマもこのドレスがいち押しだったのよ」

「彼女が着せたがったのも無理はない。それを着た君は光り輝いているからね」

「あなたのほめ言葉、全部合わせていくらになるのかしら？」そう言った瞬間、自分の発言を撤回したくなった。ヤナは今夜を楽しみたかったし、皮肉めいたことを言って楽しみを半減させたくなかった。なのに、ついいやみを口にしてしまったのだ。

「ほめたかいはあるよ」ナジールがなめらかな口調で言うのを聞き、ヤナは自己嫌悪に陥った。冷静な彼と一緒にいるといつも、激しやすい自分の性格にうんざりする。「僕はただ君に今夜を楽しんでほしいだけだ」

ヤナははっとしてナジールを見た。彼が見つめ返すと、唾をのみこみ、うなずいた。ナジールの休戦の申し出に応じる気になっていた。「やってみるわ。信じられないかもしれないけれど、この二、三年の私は生きる気力を失っていたの」

思わずてのひらで額をたたきたくなった。どうやら私は当たり障りのない雑談ができないらしい。怒りにまかせるか、深刻な打ち明け話をするかしかできないのだろうか。

ナジールがヤナの手を握りしめた。「さあ、ここにいる騒々しい連中に君を紹介しよう。僕にくっついていれば、君は安全だよ」

ナジールの指に手の甲を撫でられ、ヤナはくすくす笑った。

彼の熱い視線がヤナの唇にそそがれた。「何がおかしい？」

「あなたよ。騒々しい連中ですって？」ヤナはからかうように言った。

不安という新たな蝶の大群が彼女の胃の中ではばたいていた。ナジールは私をどう紹介するだろう？ザラの臨時の世話係？　元妻の親友？　一度は縁を切ろうとした問題児の継妹？　雇い人？　それとも一生の恩人？

広大な部屋の中央にある大テーブルに向かうようナジールに促され、ヤナは緊張を覚えた。まるで彼に手招きされたかのように、それぞれ部屋の向こうでくつろいでいた友人たちが近づいてきた。

ナジールはヤナの手を放さず、腰に回した手の力もゆるめなかった。もしヤナが緊張していなかったら、それを独占欲のせいだと思ったかもしれない。

「こちらは家族ぐるみで親しくしているヤナだ。ザラがここに落ち着くのを手伝ってくれて、とても助かっている」

〝家族ぐるみで親しくしている……〟

ヤナはその紹介が気に入らなかった。それがぴったり当てはまるだけに、越えてはならない一線を示されている気がして反発を覚えた。しかし、そんな自分に気づいてふと考えこんだ。女として一度も見てくれたことのない男性にとってもっと意味のある存在になりたいと願うなんて、私はどうかしているのだろうか？

9

客たちがいっせいに口を開いて我先に挨拶し、ヤナは彼らと握手をしながら、噴き出しそうになった。そのうちの一人はナジールの長年の友人であり、編集者のサミュエルだった。

「家族ぐるみで親しくしているなんて笑わせてくれるじゃないか。彼女が入ってきた瞬間から目が釘《くぎ》付けだったくせに」

ヤナがその言葉についてよく考える前に、女性の一人が口を開いた。「彼女があなたのかわいがっている継妹《いもうと》ね?」

継妹がいたとわかって客たちが驚きの声をあげた。ナジールがその女性にはプライバシーを明かしていた事実が引っかかり、ヤナはもう今夜を楽しめなくなった。

ヤナの気分の変化を察知したかのように、彼女の背中に添えられたナジールの指に力がこもった。

ナジールとヤナの間に走った緊張を感じ取ったのか、女性が小声でつけ加えた。「ナジールはただ、1型糖尿病患者にどんな緊急措置が必要なのか知りたかっただけなの。この城はすぐ近くの医療センターからかなり離れているでしょう?」

ヤナは思わずナジールを見た。

「母の心臓病やアフメドの潰瘍、スタッフの一人が繰り返す背中の痛みについても彼女に問い合わせをしたことがある」ナジールが穏やかに言った。

ヤナの緊張はすぐに解けた。

別のゴージャスな男性がヤナの腰に手を回した。ファッション業界にはこういう憎めないが無遠慮な男性がよくいるので、彼女はあわてなかった。

彼がずうずうしくもヤナの手の甲にキスをした。

「僕はディミトリだ。なぜナジールが僕をこのパーティに招いたのかわかったよ。君みたいなすばらしい女性には他の連中は退屈だからね。僕とパートナーのジェームズがいつも盛りあげ役なんだ」

ヤナは百年一緒に暮らしても退屈しない男性に目を向けた。「そうなの?」

ナジールが降参のしるしに手を上げ、視線で彼女をとらえた。「また誤解される前に言っておくが、僕はただ君に今夜を楽しんでほしかっただけだ」

ヤナが返事をする前にずんぐりした男性が近づいてきてジェームズと名乗った。

「どこかで君を見たことがあるんだが」ディミトリが言った。

「セクシーなスーパーモデルとしてファッション誌や何かに出ている以外に?」ジェームズが尋ね、思い当たったように手をたたいた。「イリヤヴィッチの絵だよ。君の裸婦画は彼の最高傑作だった」

ディミトリが納得顔になり、興奮に目を輝かせた。

「そうだ! あの絵を手に入れるのに躍起になったんだよ。最初のオークションで個人コレクターが落札して以来、二度と市場には出てこなかった」

「それでよかったわ」ヤナは言った。「後悔はしていないけど、あのあとさんざんバッシングを受けて、このエピソードはタブーになったの」

「まるでそのコレクターが君を気遣って絵を買い取ったみたいだった」ジェームズが言い、ナジールに鋭い視線を向けた。

ナジールの表情を見て、ヤナは鳥肌が立った。彼は誰があの絵を持っているか知っているの? どうやって突きとめた? いいえ、違う。彼は絵のありかを知っているだけじゃない。

彼があの絵を持っているのよ。

そこでヤナは満足げなディミトリとジェームズに

引っぱられてその場を離れたが、振り返らずにはいられなかった。

案の定、ナジールの目にはヤナの疑問に対する答えが浮かんでいた。そして彼女は突然、思っていた以上に自分の心が危険にさらされているのに気づいた。

真夜中を過ぎ、客のほとんどが寝室に引きあげたころ、ナジールは今夜自分に許した一本の葉巻をくゆらしながら、期待に胸をふくらませているはずの女性を捜した。

ザラが大事ならヤナとは距離を置いたほうがいいという母親の言葉が頭の中で響いていたが、彼は足を止めなかった。レコードプレーヤーからはまだスローなジャズが流れていて、ジェームズとディミトリにはさまれたヤナが柔らかなビートに合わせて体を揺らしていた。

「僕の番だ」ナジールはそう言ってヤナの手を取り、友人たちから遠ざけた。ヤナは驚いたようすだったが、羽根のような軽やかな足取りでついてきた。魅惑的な香りが彼の胸を満たした。

ヤナが両手をナジールの肩に置く。ナジールは彼女のウエストにゆるく腕を回した。間近に見る素肌はあらがいがたい誘惑だった。

一晩じゅう、ヤナから目をそらすことができなかった。だがナジールはこの数週間、氷の繭に包まれているようだったヤナが本来の気さくで情熱的な姿をあらわにするのを見て、ある種の満足感を覚えてもいた。彼女は今夜、ナジールの編集者、サミュエルと本について熱く議論を交わし、ジェームズとディミトリが突然古い曲を歌いだしたときには一緒になって歌った。自分がそのような役を自然に演じているのに気づいていなかったとしても、ヤナは温かくすばらしい女主人だった。

まだ一カ月もたっていないのに、ナジールはヤナのいない城がどんなだったか思い出せなかった。彼女やザラの笑い声がなかったら……。二人が走りまわったり、スタッフを巻きこんでかくれんぼをしたり、自分の人生の空白を埋めたりしてくれなかったら……。だが彼は、長い間そうありたいと願ってきたようにヤナとともにいるのではなく、彼女を遠くから眺めるばかりだった。

ヤナはみんなに、アミーナにさえも魔法をかけたかのようだった。ジャクリーンが亡くなる前からザラとナジールに欠けていたものが何か、日々彼に気づかせていた。

そして今、ヤナはナジールの腕の中にいた。すてきな一日の終わりに、おさまるべきところにおさまったのだ。

二人はただ音楽のゆったりとしたビートに合わせて体を動かしていた。どれくらい踊っていたかわからない。二人の腿が触れ合うたび、あるいは彼の指がヤナのあらわな肌の上で動くたび、欲望が高まり、甘美な興奮が体を駆け抜けた。彼女の手がナジールの肩から首へ、さらに胸へとすべると、彼の心臓は高鳴った。

エラ・フィッツジェラルドの歌声とともに、ヤナがナジールの胸に頬を押し当てたときは、甘く切ない快感を覚えた。今夜は、ナジールが長い間求めていたものが見事に形になっていた。しかし、それをさらに甘美にしていたのは、腕の中にいる女性が興味深いパズルであり、彼がそのパズルを解き明かしたいという欲求を抑えることができなかったからだった。

背後から突然笑い声が聞こえ、二人はディミトリとジェームズを見た。

ヤナが小さくため声をもらし、うつむいた。表情を隠すためだと、ナジールは確信した。

「なんだい？」ヤナの脳裏をよぎるすべての考え、ためため息をつかせるすべての感情を、彼は知りたかった。彼女に惹《ひ》かれる気持ちは急速に執着へと変わっていた。

「なんでもないわ」

「僕たちは休戦しているはずだろう？」

ヤナが心を決めたように唇を真一文字に結んだ。批判されるか嘲笑されると思って身構えたのだろう。

「あの二人は本当に愛し合っているのね。私の祖父母の間にもそういう愛があったわ。祖父が祖母のあとを追うようにして亡くなったのは、祖母なしで生きることに耐えられなかったからだと思うの。息子のアルコール依存症、三人の孫娘の養育……祖父母は本当にいろいろなことを経験してきた。その間、お互いへの信頼が二人を支えていたのね。ジェームズとディミトリにもそれがある。あの二人がお互いに出会えて本当に幸運だわ」

「二人がお互いを見つけたのは運がよかったからだと思うかい？」ナジールは純粋な興味から尋ねた。

「出会いは運のおかげだったかもしれない。でも、二人が日々努力しているのは確かよ。以前は、人々が出会って結ばれるのが不思議だったの。今はよくわかるわ」

「どうしてわかるようになったか知りたいね」

「姉と妹を見ていてわかったの。二人とも優秀で聡《そう》明《めい》ですばらしい女性よ。アリストスとカイオは明らかに二人を敬愛している。でも、どちらも楽な道のりではなかったわ。悲しみも苦しみもあった」

「まるで君より彼女たちのほうが愛に値するかのような言い方だな」

ヤナが肩をすくめた。彼女の表情を見たナジールは、石と化している心臓が割れてしまうのではないかと思った。彼はヤナを引き寄せながら、怒りとやさしさが胸の中で燃えるのを感じた。

「そう思っているわけじゃないんだろう？」

「あなたは愛に興味がないんでしょう？」

「ああ、ない。だが、興味がないからといって、理解していないとは限らない」自分を含め、ヤナを不当に扱った者、彼女にそんなばかげたことを信じこませた者すべてに対する憤りが声ににじんだ。「誰かの価値を確かめるのに、基準は必要ない。そのかわいい頭にたたきこんでおくといい」

「あなたはラッキーよ。いばり散らしているあなたを私はセクシーだって感じるんですもの」半ばささやくような声でヤナが言った。

「ミラもヌーシュももう大丈夫なのか？」ヤナが姉妹について話すと、彼女が自分自身をどんなふうに見ているかがわかる。だからナジールはもっと知りたいと思った。そして、知れば知るほど、自分が彼女の一面しか見ていなかったことに気づいた。

「二人とも困難に直面したけれど、相手と努力して乗り越え、それによって愛がいっそう深まったことが実感できたみたい」

「君は……壮大で輝かしい愛を望んでいるのか？」

ヤナの答えが二人の関係に変化をもたらすことはないと自分に言い聞かせながらも、ナジールの声はかすかに震えた。僕には壮大で輝かしい愛を彼女に与えることはできない。

「ええ」ヤナがまばたきして言った。「それがわかるのに時間がかかったけど」

「君はそういう愛を求めて家を出たわけじゃないだろう？」

「私はまず自分の欠点を直そうとしているの。欠点だらけの人間なんて誰も望まないわ」ヤナが屈託のない笑顔で答えたが、心の痛みは隠しきれなかった。

「直すことなんて何もないよ」ナジールはそう言って、ヤナのほつれた髪を耳にかけた。彼女が自分のことを他人よりも劣っていると考えていると思うと、奇妙な無力感にとらわれた。「不完全で、情熱的で、気まぐれで、頑固――そういう君が完璧なんだ。それを見抜けなかった僕は頭でっかちの愚か者だよ」

荒い呼吸にヤナの胸が上下し、緊張が暗雲のように彼女を包んだ。「いいかげんにして」茶色の瞳が鋭く光る。「一晩じゅう賛辞を聞かされてきたけど、茶番はもういいわ」

「ジェームズ？」雲行きが怪しくなってきたのを悟り、ナジールは友人に呼びかけた。ヤナとの激しいぶつかり合いを友人たちに見せたくなかった。本来持っている情熱をあらわにした彼女の姿を。

ジェームズとディミトリが手を振って別れを告げ、ふらつきながら部屋を出ていった。両開きのドアがばたんと閉まる音が、張りつめた静寂の中で試合開始を告げるゴングのように鳴り響いた。

「私ももう寝るわ」

「いや、寝るのは僕たちの間のこれを片づけてからだ」

目に不安をよぎらせながらもヤナが顎を突き出した。ナジールの欲望を刺激する好戦的な態度だ。

「これって？　あなたとの間には何もないわ」

「僕の君に対する思いこみのほとんどは間違いだったが、君を臆病者だと思ったことはない」

思ったとおり、ヤナがぴたりと動きを止めた。

「私は生まれてこのかた、逃げ出したことはないわ」

「じゃあ、なぜ僕から逃げようとする？」

「あなたに振りまわされることにうんざりしたからよ。それに、あなたを信用できないから」

〝それ以上に、あなたといるときの自分を信用できないから〟

ヤナは最後の言葉をのみこんだ。

一晩じゅうナジールはヤナと踊り、話し、笑い、意見を求めた。そのすべてが夢みたいに現実離れしていた。客たちがヤナも自分たちの友人として受け入れてくれたことがうれしかった。まるで幻覚剤でものんだかのように、ヤナの心の奥の望みと秘密のファンタジーが現実になったのだ。

今夜のパーティに参加すべきではなかったのかもしれない。ドレスアップしたり、ナジールの視線を楽しんだりするべきではなかったのかもしれない。ヤナは今、切望という名の沼にはまり、深く引きこまれようとしていた。

かつてナジールがヤナを誤解し、非難し、嫌悪したときでさえ、彼に逆らうことはできなかった。今夜、ナジールは私をとりこにしようとしているらしい。でも、私にはその覚悟がない。

この魅惑の一夜が終わったとき、再び粉々になった心を抱えて一人呆然《ぼうぜん》とするなんてごめんだ。

「僕を信用できないだって？」ナジールが不機嫌そうな声できき返した。怒れば怒るほど、彼の声は低くなる。まるで自分を彫像に変えて、すべての感情を内に秘めようと決意しているみたいだ。

「なぜ放っておいてくれないの？」ザラが編んでくれた三つ編みがまたほつれてヤナの頬にかかった。

「僕たちの関係が変わることを願っているからだ」

もしナジールが手榴弾《しゅりゅうだん》を投げつけてきたとしても、ヤナはこれほどショックを受けなかっただろう。思い浮かべてはいけないイメージで頭がいっぱいになり、全身が痙攣《けいれん》しているような感覚に襲われた。

ヤナは一歩ナジールから離れた。

すぐにナジールが一歩前に出た。まばゆい光が彼の顔に暗い影を落とす。本当に野獣そっくりに見えるとヤナは思った。

「私たちの間の長年の誤解と嫌悪は簡単に払拭できないし、そうしたくもないわ」彼女は抗議した。

「君はこの先ずっと僕を悪役にしておきたいんだ」

「そうかもしれない」心の震えがそのまま声に表れた。「だって、礼儀正しい知り合いでいれば十分でしょう。私たちの間にザラがいることを考えれば――」

ナジールが手を上げてさえぎった。一晩じゅう彼はほめ言葉ややさしい言葉でヤナを喜ばせたが、そこには何か別の狙いがあったのかもしれない。「何が不満なんだ、ヤナ？」

「どうして私の裸婦画を手に入れたの？」

「イリヤヴィッチについて君に警告しなかったことに責任を感じていると言っただろう。だが、裸婦画を見て、彼が君のさまざまな面を見事にとらえているのを知り、他の貪欲な目から守りたいという衝動がわき起こったんだ。君が世間に見せているのが仮面であることを知らなくても、君の本当の姿を守らなければならないという気持ちは圧倒的だった」

あの絵が市場に出まわることはないと知ってヤナが安心したのは、まさに今ナジールが話したことが理由だった。それでも、ヤナは素直に受けとめられなかった。「今夜私に楽しい時間を過ごさせるために、どうしてあんなに親切にしてくれたの？」

皮肉をこめた質問にナジールが笑うと思っていたのなら、それは大きな間違いだった。彼はますます顔をしかめた。「何が気に入らないんだ？　僕がとうとう君を適切に扱ったことか？」

「答えになっていないわ」

「いいだろう。僕の家でくつろいでほしいからだ。僕や僕の友人と一緒に。この家を君のヨーロッパでの拠点の一つと思ってほしい」

ヤナの心臓が高鳴った。「どうして？」

「君に幸せでいてほしいから」

ナジールが腹立たしいほど頑固なことは知っている。一度くわえた骨は決して放さない犬並みだ。だからナジールの考えを変えられないのはわかっているが、彼のそういう望みを自分が受け入れられるとはヤナには思えなかった。

ナジールの一時の気まぐれ、あるいは正義感を誤解してしまうのが怖かった。そんなことをしたら、いつか彼がこれで十分だと思ったとき、私は置き去りにされるだろう。

「少なくとも君が僕たちを訪ねてきたときは」彼がつけ加えた。

ヤナはかぶりを振った。興奮と、もっと強烈な何かが、恐怖と不安とわずかな理性を押しやっていた。

「こんなことしないで。私を追いつめないで――」

そのときナジールが手を伸ばしてヤナの腕をつかんだ。彼の目にはあまりにも切迫したむき出しの欲望が浮かんでいる。「君は今まで出会った女性の中で一番僕を当惑させる。君のために正しいことをしたいのに、それがなぜ君を追いつめることになるんだ?」

「私のために正しいことをしたい? それは哀れみよ。私はあなたの哀れみなんて欲しくないの」

かつて自分の愚かな心にはナジールの哀れみと好意の区別がつかなかったことを、どう説明したらいいだろう? 彼が示してくれたわずかな関心を都合よく解釈して、自ら首を絞めてしまったことを?

「君のために最善を尽くしたいとか、君の重荷を一緒に負いたいとか、君がギャンブル依存症のリハビリ施設から出てきたらそばで支えたいとか思うのは哀れみからじゃない。何年も前にそうあるべきだった君の友人になりたいんだ」

そのとき、ヤナは自分の過ちに気づいた。これまで積み重ねた嘘《うそ》と中途半端な真実のせいで、ナジールは本当の私を見ていない。彼が見ているのは私が作りあげた虚像だ。そして、そういう私を哀れんでいる。傲慢で独りよがりな彼は自分にもその責任の一端があると思いこんでいるから。

嘘はもう役に立たないだけでなく、ヤナの最悪の悪夢を現実にする恐れがあった。「嘘をついたのよ。あれは私の借金じゃない。私はギャンブル依存症なんかじゃないわ」

ナジールがまばたきするのを見て、ヤナは身構えた。彼は不信感と疑念をぶつけてくるだろう。しかし、彼は言った。「それじゃ、誰の借金なんだ？嘘やごまかしはもうたくさんだ。僕は真実が知りたい。なぜ君はそんな困窮状態に陥った？」

「母のせいよ」深い洞窟から引っぱり出すように答えを口にしたとたん、ヤナは重圧から解放された気がした。この瞬間まで、その秘密が自分の心をどれほどさいなんでいたか気づかなかったのだ。

ナジールがため息をついた。「またダイアナに利用されたのか」

「ええ。去年、私の銀行口座の預金を使い果たしたの。そのとき対策を講じたんだけど、今度は私のクレジットカードで借金を作った。私は成人する前にモデルを始めたから、私たちの財産はすべて共同名義なのよ。あげくの果てに、母は私のサインをまねてニューヨークのアパートメントとカリフォルニアの家を売ってしまった。私が持っていた希少な宝石までも。母は私から何もかも奪い取ったのよ」

「君がジャクリーンの世話で忙しくしている間に」ナジールがようやく点と点がつながったという表情で言った。

「ジャクリーンにつき添ったことは少しも後悔していないわ」ヤナは思い出に口元をゆるめた。「彼女は完璧ではなかったけれど、母なんかよりずっと愛や思いやりを示してくれた」

「君の友情は称賛に値するよ、いとしい人《ハビブティ》。だから彼女の浮気に見て見ぬふりをしたのか？　いずれにせよ、君には僕を恨む正当な理由があった」

「そういう言い方はやめて。あなたに仕返ししようと考えたことはないわ。あなたが私を邪険に扱ったときでさえね」ヤナはナジールが見つめているドレスの襟ぐりを引っぱった。「ジャクリーンはあなたとの関係を修復しようと必死だったわ」

「それなのに、僕をだましつづけた」

「人を愛するとはどういうことか、あなたにはわからないでしょう?」

「僕たち夫婦の間に愛などなかった。彼女もそれを知っていた」

「確かにジャクリーンは過ちを犯したわ。だからといって、あなたを愛さなくなったわけじゃない。彼女は私に助けてほしいと懇願したのよ」

「最後の悪あがきだとわかっていたはずだ。彼女はザラを見捨てて君に押しつけたんだぞ」

「あのころ彼女はモデルの仕事が減り、ビジネスもうまくいかなくなって、辛辣になっていたのよ、私が慕っていた温かい女性とは違ってしまっていた」

「それでも君は彼女から離れなかった」

「いいときだけ仲よくするのが友情なの?」

ヤナが一瞬ためらったのがナジールにはわかった。ようやく彼はヤナを理解しはじめていた。自分自身のことも。僕は結婚にあらゆるルールや条件を設けたが、結局うまくいかなかった。ジャクリーンとも娘とも絆《きずな》を結べなかった。

そして、今まで脇に押しやっていたこの女性が中心に出てきて、次から次へと真実を突きつけてくる。僕の苦しみをやわらげるどころか、これまで生きるよりどころにしてきたルールが父やザラを遠ざけていたのだと指摘した。

「ジャクリーンの話になったから言うけど、彼女がザラの単独親権を申請しようと考えていたなんて知らなかったのよ」ヤナが背筋を伸ばして言った。私
「あのころ、あなたはザラとろくに過ごしていなか

った。でも、あなたと会ったあとのザラがとてもうれしそうだったから、ジャクリーンに対してどんな不満を抱いているにせよ、あなたはよい父親になろうと最善を尽くしているんだと思っていたわ」

ヤナの言葉はナジールにはすばらしい弁護だった。あるいは、自分が必要としていることさえ知らなかった理解だったかもしれない。ジャクリーンが勝手に元夫は我が子に無関心だと決めつけ、娘の単独親権を取ろうとしているのを知ったときから、彼は自分でも我が子への愛情に確信が持てなくなっていた。

ナジールは子供を持つつもりはなかったし、ジャクリーンもそうだった。やがて彼女が妊娠するころには夫婦の関係は冷めかけていたが、結婚生活を維持するためにできる限り努力した。

親権を奪われるのではないかと思うと眠れぬ夜が続き、彼は自分の心が石になってしまったせいで我が子を愛せないのではないかと考えた。ザラはずっと母親と一緒にいたほうがいいのではないかとまで思いつめた。

「ジャクリーンが私に話さなかったのは、あなたが同意しないとわかっていたからだと思うわ」ヤナがつけ加えた。

ナジールはなんとか彼女と目を合わせた。「自分のせいでザラが父親の愛情を疑っていたことを知ったとき、僕は世界が引っくり返った気がした。あの子を失うのが怖くて、つい君を責めてしまった。こんなのは言い訳にならないが」

ナジールは髪をかきあげながら、ヤナの賢明さに感嘆した。それこそが彼女の魅力なのだ。

ヤナは人生を愛し、精いっぱい前向きに生きている。嵐のように強大であると同時に危険でもある。

ナジールはかつて奔放に人を愛し、危険なほどぎりぎりのところで生きていたときのことを思い出した。そして突然、もう一度あのときに戻りたいと思った。

僕にはやり遂げなければならないことが二つある。

一つは簡単に達成できる。

「すまなかった、ヤナ。君に対して間違った態度をとっていたと認めるよ」ナジールは心から詫《わ》びた。

あいにく、もう一つはそう簡単にはいかない。ヤナが求めているものを自分が与えられない以上、彼女を手放すべきなのはわかっている。だが、そんなことはしたくなない。

ファティマを亡くして以来初めて、ナジールは利己的な欲望に身をまかせたいという強烈な衝動を覚えた。今夜は快楽に溺れたい。たとえヤナに焼きつくされることになっても、もう一度だけ危険を承知で飛びこみたい。

10

ヤナはうつむいた。自分の混乱と不安をナジールに気取られたくなかった。彼の謝罪に安堵《あんど》を感じたくもなかった。彼の賛辞に心を動かされたことにも、ザラが虹色の砂で作った城のように自分の心の防壁があっさり崩れていくことにも狼狽《ろうばい》していた。

いや、彼は私が自分のまわりに塗り固めていた嘘《うそ》や偽りを引きはがしたのだ。なんのために？　私がザラの生活の一部となった今、私たちの関係を見直したかっただけなのだろうか？

「それで、他にどんな秘密や真実を僕に対する武器として使うつもりなんだい？」

「要求ばかりするのね」ヤナはやんわりと抗議しな

がら、心の中で震えていた。「あなたは、欲しいときに欲しいものを手に入れるそこらへんの権力者とは違うと思っていたのに」

「僕が何を望んでいるか、君にはわからない」

ヤナは顎を上げ、ナジールに闘志を見せつけた。

「私の秘密を知る権利はあなたにはないわ。私の夢や空想を知る権利も」

「それでも、僕たちの間にある最後のわだかまりを解けば、君はきっと夢や空想を、少なくとも一つくらい話す気になるんじゃないかな」

ヤナはナジールを見つめていた。彼の言葉の一つ一つが体の中で脈打っている。彼のしぐさの一つ一つが脚の間にうずきを生み出している。「どうしてそんなことをしたいの？」

「君を追いつめ、つかまえて、すべてを知るまで何もかもはぎ取りたいという狂おしい衝動があるからだ。君は僕が解きたい複雑なパズルなんだよ」

「解いてエゴを満たしたいの？　私があなたをだましていたから――」

「僕のエゴとか、同情とか、友情とか、ザラとか、過去とか、全部関係ない。君もわかっているはずだ」ナジールがもう一歩踏み出すと、上唇を二分する傷跡が見えた。彼の目に宿るむき出しの欲望と、口元に刻まれた固い決意も。

「じゃあ、私のしたいことを試してみる？」

ナジールはすでに間近に迫っていた。彼のアフターシェーブローションの香りを吸いこめるほど間近に。ヤナの息が浅くなった。

自分の最も奔放な夢から飛び出してきたような場面に、ヤナは突然、どう行動すべきかわからなくなった。逃げ出すのか、それともここにとどまるのか。自分を抑えつけ、生涯最高の誘惑から身を引くのか、それともこの瞬間をつかみ取り、全力で味わうのか。

何か固いものが背中に食いこんだが、ヤナはさらに後ずさった。その痛みが舞いあがりそうな自分をつなぎとめてくれることを願いながら。やがてナジールが手の届く距離まで来たとき、彼女は無垢《むく》なバージンのようになすすべもなく彼を見つめた。

これまで男性を誘惑して破滅に導く妖婦を演じてきたことは、この状況を切り抜ける役には立たなかった。実際にはどんな男性も近づけたことはない。ナジール以外のどんな男性も欲しくなかったから。

ナジールがヤナの頭の両側の壁にてのひらをつき、身をかがめて、標本箱の蝶《ちょう》のように彼女を視線で釘《くぎ》付けにした。そして、彼女の心の防壁を完全に打ち砕く言葉を口にした。

「君が、本当の君が見える」ナジールの温かい息が愛撫《あいぶ》のようにヤナの頬をかすめ、琥珀《こはく》色の瞳が荒々しい輝きを放った。「やっと君のすべてが見えた」

長い間、ヤナは自分の醜い部分を隠しながらも、それを人に知ってほしい、受け入れてほしいと切望していた。人生におけるすべての闘い、すべての痛み、すべての勝利、すべての敗北を。その結果、この瞬間に至ったのだろうか？　今さら逃げ出すような人生に、生きる価値があるだろうか？

ヤナは身を乗り出し、ナジールの唇の端に唇を押し当てた。「あなたのしたいことを試してみましょう」そして彼の下唇を歯ではさんだ。「これは降服じゃないわ」

ナジールがそれに応えて白い歯を彼女の下唇に当てると、衝撃と興奮が走った。「ああ、いとしい人《ハビブティ》、やっと学んだよ。もう君を見くびったりしない」

飢えのにじんだいたずらっぽい笑みは、ナジールがヤナの体に両手をすべらせはじめると、独占欲に満ちたものに変わった。彼もまたこの瞬間をこれまでずっと待ち望んでいたのだろうか。

ナジールは葉巻とチョコレートの味がし、彼女が想像しうる最も物憂い退廃を体現していた。二人はティーンエイジャーのように互いに口づけし合い、舌を這《は》わせ合い、攻め合い、支配権を争った。ヤナが想像したとおり、いや、もっとすばらしかった。

ナジールのジャケットはいつの間にか脱ぎ捨てられていた。彼の唇は、ヤナの唇やこめかみや首筋や耳の下のくぼみなど、いたるところに自分の所有物だという刻印を押していった。官能の矢に下腹部を貫かれ、ヤナはうめき声をあげた。

「棘《とげ》だらけみたいな君がこんなに甘い味がするなんて、誰にわかるだろう?」ナジールがうなった。

ヤナはナジールのシャツの襟をつかみ、ボタンがはじけ飛ぶまで引っぱった。彼の胸板は温かく固く、シルクのような柔らかな毛におおわれていて、そこに指を通すのは心地よかった。ナジールが首と肩の間に唇を押しつけている間、ヤナは彼の体を隅々まで愛撫しつづけた。

数秒のうちにナジールはヤナのどこを強く刺激すればいいかわかったらしい。首筋の脈に歯を当てられると、ヤナはうめき声をあげ、彼の腰に脚を巻きつけた。

するとナジールがどうにか大理石の床を移動し、反対の壁際に置かれた寝椅子の上にヤナを横たえた。彼女はもう笑っていなかった。

ナジールがヤナの腰の両側に膝をつき、彼女を見おろす。

こんなふうにナジールを見あげるのは初めてだった。暖炉の薪《まき》が燃える音と、自分たちの速く不規則な呼吸の音を除けば、すべてが静まり返っていた。

ヤナは手を伸ばしてナジールの頬を包み、親指の腹で傷跡をなぞった。一度だけ、やさしさを示したかった。こんなチャンスは二度とないだろう。

親指をナジールの下唇の中央に押し当てると、彼が親指をくわえて吸った。

ヤナは快感を求めて体を弓なりにそらした。ナジールのてのひらが体の中心に当てられた瞬間、彼女はその温かな感触に身もだえし、腰を浮かして懇願した。彼の指がドレスの下にもぐりこみ、なめらかな腿を撫《な》でたあと、Tバックショーツを押しのけて脚の付け根をなぞる。そしてついに巧みな指が彼女の最も敏感な場所を見つけ、ゆっくりとやさしくこすった。

すべてを知りつくした指のじれったい愛撫にひたるうち、口からもれるのはあえぎ声とうめき声だけになった。「他に何を求めているんだ？　言ってくれ」

ナジールの視線がヤナを釘付けにした。彼女はドレスにおおわれた胸を手でさすった。「ここに触れて、お願い」

かがみこんだナジールは、ビーズのちりばめられた身頃をつかみ、それが破れないとわかると、いつも身につけているいまいましいナイフで切り裂いた。硬くなった胸の先を指で撫でられ、ヤナの全身が嵐の海から突き出たアーチ橋のように弧を描いた。

「君はどこをとっても完璧だ」彼がほとんど独り言に近い口調で言った。

そのあと舌で胸の先を愛撫しながら、もう一方を親指で円を描くようになぞられ、ヤナは歓喜の高みへと追いたてられた。

やがて頂点に達し、体がばらばらになった感覚に襲われると、ナジールがヤナを抱きしめ、キスをし、なだめ、再び落ち着かせた。ヤナはその熟練した手やみだらな指や甘美な唇のとりこになりそうだった。他の男性とこんなことをするなんて考えられない。

ナジールの香りに包まれ、彼の腕に温かく抱かれたヤナは、彼と一緒にいない未来が待っていてももう気にしなかった。

「おいで、ハビブティ。寝室まで送っていこう」

ヤナが長いまつげをしばたたき、まるで自分がどこにいるのかわからないかのように周囲を見まわした。それでも、至福のまどろみの中で彼女の体はナジールに寄り添っていた。彼にふさわしくない信頼を与え、クライマックスに達するヤナを見ているのは、どんな肉体的な行為よりも官能的だった。

少ししてヤナが手の甲で口をぬぐい、ナジールを見あげた。彼は一瞬そこに、かつて別の女性に見たのと同じ切望を見て取った。彼女は絶対的な信頼を寄せてくれていたのに、僕は守ることができなかった……。

ヤナがかけた魔法に溺れ、僕は夢想する資格のないことを夢想しているのだろうか？　自分自身、ここまでするつもりはなかった。

「すばらしかったわ」ヤナがにっこりして言った。

ナジールは長い間感じたことのないやさしさがこみあげるのを感じた。ずっと前に戦場で自分の心は石と化してしまったのではないかと思っていたのに。

「そう思ってくれてうれしいよ」彼は切り裂いたドレスの前をかき合わせたが、ヤナがその手を払った。

「動きたくないわ。この格好で城の中を歩いて、みんなにまたあなたに捨てられたと思われるなんてまっぴら」

ヤナは強さともろさが入りまじった複雑なパズルのような女性だが、ナジールは自分に言い聞かせた。明日の朝、明るい日の光の中で、彼女はさっきの狂気の瞬間を後悔するかもしれない。そうしたら僕はいたたまれないだろう。

だが、僕たちには今夜一夜しかないのだから、このまま一緒に過ごすのが最善ではないのか？　二人に未来はない。僕はそのことをヤナにはっきり伝えるべきだ。

しかし、ヤナの唇に浮かんだほほえみをはぎ取るようなまねはできなかった。それとも、彼女が自分との将来を望んでいると考えるのはうぬぼれだろうか？　ヤナが望んでいるのは、この狂気からの解放だけだとしたら？　彼女には一夜で十分なのだろうか？　お互いの誤解を解き、ヤナがこれからもずっとザラに関わりつづけるのであれば、二人は大人同士として割り切ってつき合えるかもしれない。それとも、僕は自分に都合のいいように考えているだけなのか？

「知っておいてほしいんだが——」

ヤナが身を乗り出し、むさぼるようにナジールの唇を奪った。キスはそのまま延々と続いた。

「まだ終わっていないのに、どうしてやめなくちゃいけないの？」再び寝椅子にもたれながら、ヤナがくすりと笑った。その軽やかな笑いとは裏腹に、欲望に満ちた目でナジールを見まわす。それから彼の胸の傷跡の一つ一つを、まるで失われた宝物のありかを示す地図であるかのようになぞった。「年寄りのあなたがもうこれ以上無理だというのでなければ——」

ヤナの手がズボンのファスナーに伸びると、ナジールはその手を取り、てのひらの中心にキスをした。

ヤナが手を引っこめた。今はやさしさなど求めていないのだ。歓迎されるのは肉体的な触れ合いだけ。さっきまで自分が考えていたことを思えば、そのほうが都合がいいはずだ。しかし、ナジールは棘《とげ》が刺さったような痛みを覚えた。

「酔っぱらったみたいな気分よ。こんなの初めて——」

ナジールははっとした。

ヤナがまつげの下から彼を見あげた。その美しい瞳がきらりと光る。

ナジールは衝動的に彼女の頬を包みこんだ。「こんなのって？」

ヤナが彼の手に頬を押しつけた。「あんな喜びを感じたのは初めてってこと」そこで気まずくなったのか、肩をすくめ、頬をピンクに染めた。

それから明らかにナジールの気をそらすために、彼のズボンの前に指をすべらせた。その感触に興奮の証《あかし》が脈打つ。彼が指をつかもうとすると、ヤナは彼の顎にキスをした。

渇望に満ちた目がナジールを見つめた。「あなたは私のことを複雑なパズルだと言ったけれど、もう解けたの？　手招きされただけで私が身を投げ出したから、謎めいた魅力は消えてしまった？」

「黙るんだ、ハビブティ」

ナジールは目を閉じたが、それは大きな間違いだった。視覚を奪われたせいで、ズボンの上から興奮の証を撫でるヤナの指の感触に全神経が集中したからだ。彼はうなり、好奇心旺盛な指に身をゆだねた。

ヤナが官能的でありながら無垢なしぐさで顔から髪を払い、ズボンのファスナーを下ろした。ボクサーパンツの下に指をすべりこませ、うめき声をもらしながら彼の高まりを握りしめる。

ナジールは息を荒くし、思わずヤナの手に腰を押しつけた。目を開けると、彼女は情熱に彩られたまなざしで彼をじっと見つめていた。

「君はまだ十分ではないと考えているんだな？」ナジールは二人の関係にブレーキをかけようと必死だった。ナイトクラブでヤナに再会したときからずっとそうしてきた。ザラの養育について彼女に助けを求めるのをためらったのは、こうなることを恐れていたからではないのか？

ゴージャスな茶色の瞳に怒りに似た何かが浮かんだ。「これをやめる理由を探すのはやめて」ヤナがハスキーな声でささやいた。髪が顔のまわりで乱れ、シルクのドレスがまたはだけてつんととがった胸の先があらわになっている。ナジールの最も熱いファンタジーが現実になったかのようだ。こんな彼女を他の男に見せたくない……。

ヤナが高まりの敏感な先端を親指でなぞると、彼の口からののしり言葉がもれた。

自慢の自制心ももう限界だった。あるいは、自己欺瞞《ぎまん》にうんざりしていたのかもしれない。ヤナは正しかった。彼女はいつものようにナジールの挑戦に立ち向かい、彼がこれまで理解できなかった方法で自分の勇気を証明したのだ。

ナジールは今、これまでの人生がヤナに残した目に見えない傷と、彼女がその傷を乗り越えて前に進んでいることを知った。ヤナのたくましい心に、体と同じくらい魅了されはじめていた。

ヤナの腰に手を添えると、ナジールは二人の体の位置を入れ替え、彼女を自分の上にのせた。そして片手をヤナのうなじに回し、もう一方の手で胸を包みこみながら、唇に舌を這わせた。ヤナが身じろぎしたせいで、ナジールの高まりが彼女の体の芯に当たる。その感触はあまりに刺激的だった。彼はヤナのなめらかな背中や腰のくびれをてのひらでなぞり、そのたびに彼女の口からもれるうめき声を楽しんだ。ヤナに触れれば触れるほど欲望は燃えあがり、さらに彼女が欲しくなった。

「避妊具がないんだ」ナジールはささやいた。

「ピルをのんでいるの」脈打つ中心に体を押しつけられ、ヤナが鼻声でせがんだ。「お願い、ナジール。もうじらさないで。あなたが欲しいの、今すぐに」

その言葉にこめられたあからさまな切望がナジールの自制心を打ち砕いた。彼はヤナの腰に片手を添え、悩ましいぬくもりの中に身をうずめた。

ナジールのうなり声は陶酔感に満ちていた。ヤナに強く締めつけられると、まぶたの裏に万華鏡のような色とりどりの世界が広がった。

体を動かさなくても、クライマックスに達してしまいそうだった。それでもナジールはこらえ、ヤナにさらなる喜びを与えようと決めた。彼女をとろけさせ、他の男のことなど考えられないようにしたかった。

やがて何も考えられなくなるほどの深い快楽が訪れた。目を開けると、ヤナは衝撃を受けたようすで、涙が一筋頬を伝っていた。ナジールは再び目を閉じ、自分自身を呪った。彼女の痛みをやわらげようと腰に手を添えて軽く揺さぶった。

そこでようやく真実に気づき、言葉にできない怒りがこみあげてきた。

ヤナはまたしても僕を悪役に仕立てあげたのだ。僕はそうと知らずに彼女を傷つけてしまった。

「君はなんて賢いんだ、ハビブティ」ナジールは苦々しく言った。「これも復讐《ふくしゅう》なのか？　これで君は勝ったことになるのか？」

ヤナが体を起こしてナジールの顔をのぞきこんだ。

彼女の目には痛みと欲望、そして彼には読み取れない多くのものがあった。それからナジールの首筋に顔をうずめ、喉のくぼみに舌を這わせて、彼を強く抱きしめた。

ヤナは自分の武器を無邪気にふるっただけだ。

しかし、ナジールの怒りはくすぶり、胸にしこりを残した。

彼が再びヤナの腰に手を添え、そっと引き離そうとしたとき、彼女の口からあえぎ声がもれた。

「だめよ、こんなふうに私を拒まないで。もう二度と」ヤナが片手をナジールの髪に差し入れ、彼を引き寄せた。「最後まで終わらせて」そして返事を待つことなくナジールの手を取り、自分の胸に当てさせると、彼の肩に手を置いて、しなやかに腰をくねらせた。

自分の体を使って彼女に快楽を追求させることは、ナジールにとって喜びであり、苦しみでもあった。

やがてヤナが震えだした。ナジールは彼女を撫でながら、無意味な言葉をささやいた。ヤナが刻むリズムは不規則だが、彼の知る限り最もエロチックだった。

ナジールはほほえみ、まるでヤナが世界で最も壊れやすく貴重なものであるかのようにそっとキスをした。実際、彼女はこれまで出会った中で最もいとおしい存在だった。

ゆっくりとやさしく、ナジールはヤナの全身に手をすべらせ、彼女の口から再びあえぎ声がもれたとき、腰を突きあげた。腿と腿がこすれ合い、胸と胸が官能的にぶつかり合う。クライマックスが近づくにつれ、彼の体は熱くなっていった。

ヤナが体をそらすと、ナジールは彼女の胸を手で包みこみ、唇で愛撫した。ぎりぎりまで自分を抑えながら、ヤナを再び歓喜の頂点に追いたてるために自分の持てるすべてを駆使した。

そしてヤナは再び砕け散り、彼の名を呼んだ。

ナジールがまだ震えているヤナを寝椅子に横たえると、たちまち彼女が腰に脚を巻きつけてきた。

身勝手な欲望が、もっと速く、もっと激しく、自分がどれほど欲求に駆られているかをヤナに見せつけろとせきたてても、ナジールはこの瞬間をじっくり味わいたかった。ヤナが髪を乱し、目を見開き、ふっくらした唇を震わせて彼の名前をささやきながら、彼を瀬戸際まで追いつめた。

ナジールはようやく欲望を解放した。今まで経験した中で最も衝撃的な快感だった。これを何度も繰り返し、ヤナを何度もばらばらにしたかった。彼女の中で自分を見失いたかった。彼女を手放したくなかった。

自尊心がじゃまをするせいでヤナを傷つけたことを認めなかったばかりに、僕はなんという失態を演じたのだろう。今夜の行為が彼女の怒りや不信感を抑えこみたいという野蛮な衝動でなくてなんだというのだ？　二人の関係が必然的に終わりを迎えたとき、彼女に残るのは苦しみや痛みだけだ。それを避けるために、僕に何ができるのか？　僕に残された選択肢はなんだろう？

ナジールはヤナが何よりも求めているものを感じるまいとして心を閉ざした。今では彼女が仮面の下に傷つきやすい心を隠しているのに気づいていた。だが、頭の中の混乱とは裏腹に、ナジールはヤナの震える体を抱き寄せ、首筋に鼻をうずめた。そして彼女が眠りについたあともずっと、意味のない甘い言葉をささやきつづけた。

11

結局ナジールに寝室まで連れていかれたヤナは、おおぜいの人々に自分が誘惑されたことを気づかれたと確信した。まるで巣穴に運ぶ獲物のごとく自分を抱いて城を歩く息子の姿を見て、アミーナが不満げに息を吐き出すのを聞いたような気がした。

思わず笑いをもらすと、ヤナをベッドに横たえたナジールが軽く頬をつついた。

「何がそんなにおかしいのか教えてくれないか？」両腕をマットレスについてヤナをはさみこみながら尋ねる。

ヤナは体をくねらせた。熱を帯びた肌にシーツの冷たさが心地よい。「私たちの姿があなたのお母さんにどう見えたか、想像してみたの」

ナジールが唇をゆがめた。「今一番考えたくないことだな」それでもヤナが笑っていると、彼は親指で彼女の唇をなぞった。「話してごらん」

「あなたのこと、獲物を巣穴に運ぶ獣みたいだと思ったのよ」

ナジールが顎をこわばらせつつも、ヤナの鼻先を軽くつついた。「想像力が豊かだな、いとしい人《ハビブティ》」

「私の空想の半分も知らないくせに」彼がいつもかすかに漂わせている陰りを追い払いたくて、ヤナはわざとすねたように言った。

ナジールが体を起こしてヤナを見つめた。月明かりが彼の鋭い輪郭を照らし出す。痛々しい傷跡があるにもかかわらず、ナジールは男性美の象徴として彼女を魅了した。

だが、ナジールは彫像ではない。シャツははだけ、髪はヤナにかき乱されて、胸にはかすかな爪跡が残っている。

「ああ、半分も知らない。君自身のことも」そう言ってナジールがベッドから離れた。

体は恋に取りつかれた亡霊のように彼のあとを追いたがったが、ヤナは背を向けてベッドの反対側にころがった。奇妙なけだるさに襲われていた。

ヤナはミラやヌーシュに教えられたことを思い出して自分の感情を分析しようとした。しかし、後悔も敗北感もなかった。脚の間の甘く脈打つうずきも、腫れあがった唇の感覚も、筋肉の痛みも、輝かしい喜びをそぐことはなかった。ヤナは今、生きていることを実感していた。これからはもっと自分の体の声に耳を傾け、否定的な感情に毒されまいとすべきなのかもしれない。

枕に顔をうずめ、ヤナは思わずほほえんだ。こうなったのが運命のように感じられた。ナジールこそが自分の不安や自信のなさを吹き飛ばしてくれるとずっと信じてきたのだ。

ただ、運命のように感じることは、二人のセックスだけでなく、今夜の出来事すべてをロマンチックにしてしまいかねない。なんの意味もないのに、そこに意味を持たせ、勝手な期待を抱いてしまいかねない。そうではなく、十数年にもわたって惹《ひ》かれ合い、嫌悪し合い、悲しみを分かち合ってきた二人の過去が今夜につながったのだと考えよう。

これは一生に一度の贅沢《ぜいたく》な経験、過去の苦しみを全部捨て去り、新しい人生に踏み出すための小休止。ナジールとのセックスは間違いではない。でも、そこから二人の未来が開けるわけでもない。

その説明でヤナは納得し、自分の愚かな心も同意してくれることを願った。

「こっちを向いてくれ、ヤナ」

ヤナが仰向けになると、ナジールがベッドにひざまずいていた。考え事に没頭するあまり、彼が出ていったのではなく、バスルームに行っただけだということに気づかなかったのだろうか。

ナジールがヤナの膝に手を置き、そっと開いた。冷たく濡《ぬ》れたタオルが脚の間に当てられ、彼女の口から深いため息がもれた。だが、気持ちいいがゆえに、逆にいらだちをかきたてられた。「こういうことを何度もしてきたのね？」

「何を？」

「バージンをものにしたあとでいたわることよ」

ナジールが笑った。ユーモアのかけらもないざらついた声だった。「そう、次は生け贄《にえ》として祭壇に捧《ささ》げる」

ヤナは唇をゆがめた。「自分のことは自分でできるわ」

「もちろんだ。ただ、今回だけはやらせてくれ」そう言うと、ナジールはヤナの体からドレスの残骸を引きはがした。さらに、かつて世界で最も危険な地域を取材するジャーナリストだったことを思い出させる手際のよさで髪を整え、自分のTシャツを着せた。ヤナはされるがままだった。

二人はまるで長年連れ添った夫婦のように息が合っていた。そのことにヤナは気後れを感じながらも、またしてもこれは運命なのかもしれないという奇妙な感覚に襲われた。

「もう行って」ヤナは夢というパラシュートがおぎの国へさまよいこむ前に、その紐《ひも》を断ち切ろうとした。

「そのつもりはないよ」ナジールがパジャマのズボンをはいて戻ってきた。筋肉質の胸と無数の傷跡のある背中はあらがいがたい誘惑だった。「ちょっと向こうに詰めてくれ」

「アフターケアはいらないわ。さっきの出来事はすばらしかった。もう先に進みましょう」

するとナジールがからかうようにヤナをベッドの真ん中に押しやり、その隣に横たわって彼女の髪をかきあげた。

長い間切望していたやさしさで髪をすくナジールの指の感触にひたりながら、ヤナはしばし、このままこうしていたいという衝動と闘った。羽毛布団を押しのけ、ナジールに着せられたTシャツを脱いで、彼に体を愛撫《あいぶ》されたいという衝動とも。そう思っただけで、体がうずいた。

ナジールに屈しないために、ヤナは意志の力をかき集めて彼の手を振り払い、体を起こした。

「さっきのはアフターケアだなんて誰が言ったんだ?」ナジールの声はシルクのようになめらかだったが、険しさも帯びていた。「もしかしたらもう一度繰り返したいのかもしれない。もしかしたら僕はお姫さまを手に入れた野獣で、彼女を手放したら一生呪われるのかもしれないじゃないか」

ヤナははっとしてナジールを見た。彼の言ったことは自分の頭の中の空想にそっくりだった。

何が現実で、何が空想なのだろう？　ナジールは過去の過ちを正し、重荷を下ろそうとしただけなのだろうか？　何よりも最悪なのは、なぜ二人がこんなにも簡単に親密な関係になってしまったのかわからないことだ。どうして闇と静けさが自分たちに魔法をかけているように感じたのだろう？

「なぜ嘘《うそ》ばかりつくんだ、ヤナ？　どうして自分を偽る？」

「今までバージンだったから、あなたの中で私の価値がもっと上がったのかしら？」ヤナは髪を指でとかし、三つ編みに編んで体の前に持っていった。

「あなたのこと、もっといい人だと思っていたのに」

「罪状を数えあげられるのはもうたくさんだよ。君が何人の男とベッドをともにしたかなんて僕には関係ない。僕にとって大事なのは、世間用のイメージを作りあげていた君が今日、本当の自分をさらけ出そうと決めたことだ」

「ああ、わかったわ。最初のベッドの相手だから、私があなたを特別だと思うかもしれないと心配しているんでしょう？」

ナジールがヤナの顎をつかみ、顔をしかめた。

「僕が言いたいのは、君がこの期に及んでまだ嘘をつきつづけていることだ。そうやってすべてを笑い話にしようとしているんだろう。君にとっては愉快なゲームなのかもしれない。だが僕は、今夜の出来事が君にとってなんの意味もないとは思わない。それは間違いだ」

あなたにとっては？　あなたにとって今夜の出来事には意味があったの？

「いいえ、あなたは私がセックス以上のものを求めていると思いこんでいるだけよ。だからまだここにいるんじゃない？　私に明るい未来への期待を抱かせないために」

「ヤナ――」

「女性は非論理的な生き物だと言うし。私があなたに執着しないことをどうすればわかってもらえるの？」

「君と話しているとなぜいつも口論になってしまうのかな」ナジールがため息をつき、ヘッドボードに頭をもたせかけた。「たとえ今夜セックスをしなかったとしても、この話はするつもりだった。僕は安易に罪悪感を抱く男じゃない。たとえそれが正当なものであったとしても」彼の口調から悲しみと喪失感の深さが伝わり、ヤナは即座に口をつぐんだ。

「僕は自分の良心をなだめるために、あるいは自分のエゴを満たすために、そうでなければ自分の信じる男らしさを失わないためにここにいる――そのどれが一番当てはまると思う？」

ヤナが声をあげて笑うと、ナジールが彼女をちらりと見た。彼の目には欲望が躍っていた。

その一瞥《いちべつ》だけで、ヤナの心の奥底に埋もれていたすべてが目覚め、彼女はかつてないほどナジールをいとおしく思った。

常に自分の弱さや欠点を認め、笑いの種にして、それでもなおよりよい人間であろうとする男性が目の前にいた。

「アミーナにまた嫌われてしまうわ」ヤナは無難な話題を探した。

「はぐらかそうとしても無駄だぞ」

「だって、他に話すことがある？」

「君は他にどんな嘘をついているんだ？」

ヤナは強く握りしめた手を見つめ、力をゆるめた。

「あなたは母や祖父や姉妹以上に私のことを知っているわ」ナジールが自分の欠点を知っていると同時に長所を認めてくれる人であり、求めてはいけないけれど求めずにはいられない承認を与えてくれる人であることは驚きではなかった。

「ヤナ――」

「ここで朝まで過ごすのなら、せめて何か楽しいことをしましょうよ」ナジールが昔のようないたずらっぽい笑みを浮かべると、ヤナは首を横に振った。

「それはだめ」

「何か考えがあるのかい？」

「私の純潔と秘密を捧げたんだから――」ヤナは一息ついて続けた。「お願いを聞いてもらってもいいわよね」

ヤナの瞳の生き生きとした輝きとその言葉にこめられた熱意を目にして、ナジールはもう一度彼女にキスの雨を降らせたいと思った。

「君はもう僕をとりこにした。これ以上どうしたいというんだい？　それに君は全部の秘密を打ち明けたわけじゃないはずだ」ナジールはヤナの三つ編みを取って彼女を引き寄せ、軽く唇を重ねた。「僕をじらして楽しんでいるんだな」

するとヤナはわざとおおげさな身ぶりでナジールを押しやり、背筋をまっすぐにして身構えた。彼のTシャツが片方の肩から落ち、なめらかな肌があらわになっている。メイクが落ちた顔は、先ほどのパーティの洗練されたエレガントな印象とはまったく違う。

だが、ナジールの目には最高に美しく見えた。これが誰も知らないヤナの本当の姿だからだ。

他の男にこんな彼女を見せたくない。ナジールは独占欲に駆られた。

彼女は僕のものだ。僕だけのものだ。心の奥底からそんな声がした。

そして、どうすればそうできるのか、考えがひらめいた。これで僕のジレンマは二つとも解決する。

「なんでもきいていいわよ」ナジールの体と頭が結

託して策略をめぐらせていることにも気づかず、ヤナは傲慢な口調で寛大なところを見せた。

「そんなことではやり手のビジネスウーマンにはなれないな。僕は真実味のある答えが欲しいんじゃない。ただ真実が知りたいんだ」

ヤナが顔をしかめた。

「夜、ザラが寝たあと、君は何をしているんだ？スタッフは誰もが知っているのに、僕には教えてくれない。ミズ・レディの秘密を守る義務があると言ってね。アフメドはくびにすべきだな。言いだしたのはきっと彼だから」

さっきまでのユーモアが消え、ヤナの目に痛々しいほどのもろさが浮かんだ。「私のせいで誰もくびにしないで」

「じゃあ、何をしているのか教えてくれ」

ナジールが冗談で言っているのはわかっていた。スタッフは彼にとって家族だ。これは特別な真実だから胸にしまっておきたかったが、ヤナの中の無謀な部分は打ち明けることでナジールを試してみたかった。

「僕を怖がらせないでくれ、ハビブティ。僕が怖がったことはこれまで二度しかない。魂を売り渡すに等しいほど重大な秘密なのか？」

「ええ、魂を犠牲にするくらい重大なことよ」

「だったら、気を楽にさせてあげよう。打ち明けるお返しとして何が欲しい？　さっきお願いを聞いてもらいたいと言っていたじゃないか」ナジールはこの瞬間、ヤナが求めるものならなんでも与えるつもりだった。すばらしいセックスのあとの高揚感のせいにすぎないと自分に言い聞かせたが、なぜかむなしく聞こえた。

ヤナがうれしそうな顔でそっとささやいた。「あなたの次の二冊の小説のゲラ刷りを読ませてほしいの」

子供のように瞳を輝かせるヤナに胸が温かくなり、ナジールは彼女を引き寄せて鼻の頭にキスをした。

「そんなものでいいのか？　交渉成立だ。さあ、話してくれ、ハビブティ」

ヤナの瞳に新たな輝きが宿った。ナジールは作家でありながら、彼女の瞳のなんとも言えない表情を形容する言葉が見つからなかった。それは希望に似ているが、希望よりもっと明るく、もっとまぶしく輝いていた。

「小説を書いているの。実はもうシリーズの二冊目なんだけど、自分でもよく書けていると思う。その他に数年かけてインド神話をベースにしたホラーファンタジーも書いているのよ。祖父はよく私に怖い話を聞かせてくれたの。三姉妹の中で私だけが怖がらないってよく言われていたわ」話しだしたら止まらなくなったのか、ヤナは浅い息をついた。「気づいたかもしれないけれど、今夜あなたの編集者のサミュエルと話をしたの。あらすじを説明したら、原稿を読んでみると言ってくれたわ。すてきじゃない？　それで思い出したけど、パーティに誘ってくれたお礼を言わなくちゃね」

ナジールは笑い、ヤナをベッドに押し倒して一緒にころがりはじめた。しまいには二人ともシーツにからまって身動きできなくなった。これほど笑ったのはいつ以来だろう？　他人の話を聞くことがこんなにうれしかったのは？

「どうしたの？」ヤナがハスキーな声でうめいた。

「一番大きな夢について語る君はすばらしくセクシーだから、僕はまた欲望に負けそうだ」ナジールは彼女の耳元でささやいた。

ヤナが顔を赤らめ、なめらかな脚をナジールの背中に回して腰を持ちあげた。ナジールは自制するのも忘れて下腹部を彼女に押しつけた。

ヤナが片手でTシャツをたくしあげ、体を彼に押しつける。

「お願い、ナジール」

ナジールはやさしいキスで彼女の唇をふさいだ。

「少し痛いかもしれないぞ」

「でも、すぐに気持ちよくさせてくれるでしょう？少なくとも二回は」ヤナはナジールの返事を待つことなく、パジャマのズボンを押しさげ、彼を解放した。

ナジールはなんとか自制心をかき集めてヤナの感じやすい部分をそっと愛撫し、彼女が彼の名前を呼びながらのぼりつめかけたとき、ようやく体を沈めた。

ヤナが快感に声をあげ、クライマックスに達すると、ナジールも彼女とともに崩れ落ちた。

二人でシャワーを浴びたあと、もう寝たいというヤナの訴えにもかかわらず、ナジールは林檎《りんご》やチーズやナッツを食べさせた。

やがてベッドで眠りにつく間際、ヤナがつぶやいた。あなたを待った価値があったと。

その無防備な告白に、石と化した心がひび割れたのではないかとナジールは思った。そして、心を再び元に戻すことができるのだろうかと考えた。たとえ戻せたとしても、最も人間らしい行為である〝愛すること〟が再びできるのだろうか？

それとも、もう手遅れなのか？　しかしナジールは、男とは利己的なものだと知っていた。彼もまたその一人であり、自分の人生に完璧にふさわしいヤナを手放すことはないだろうと思った。決して。

12

それからの六週間は、ヤナの夢に限りなく近い楽園のような日々となった。

その朝、カレンダーを見て、ナジールと交わした契約では、城での滞在期間があと三週間しかないと気づいたときは信じられない気持ちだった。もちろん、ナジールが何か頼み事をするときにジョークとして引き合いに出す以外、二人の間で契約書はもはや意味をなさなかったが。

時間がないとあせると、日々はますます早く過ぎていくようだった。それとも、時間という概念にとらわれすぎていたのだろうか？

ヤナはすでに決まっていたモデルの仕事をこなさなければならなかったし、自分の小説の執筆もあった。そんな中でも、先日はミラが妊娠したこと、しかも双子を身ごもったことを知り、ヌーシュとともに大喜びした。

ヤナはまだナジールに読んでもらうほど自分の作品に自信が持てなかった。だが、あらすじだけは話していた。ナジールはそれ以上を明かさないヤナに少し腹を立てたが、それでも必ず彼女の質問には答え、二人は執筆上の技術や資料の調査についてよく話し合うようになった。

雑誌の撮影や香水の宣伝やアムステルダムの新しいナイトクラブのオープニングパーティなど、さまざまな場所に一日がかりか一泊で出かける予定がない日には、ヤナはザラと一緒に日光浴をしたり、プールで泳いだり、森を散歩したりして過ごした。

驚いたことに、ヤナが仕事で城を離れるときはナジールもついてきて同じホテルに泊まった。世界じゅうのあらゆる都市を訪れたことのある彼は、どこでも最高の食事ができる場所を知っていて、忘れ去られているような本当の歴史に詳しかった。そして夜には、ヤナと熱く甘いひとときを過ごした。

あの最初の夜以来、二人はもう自分たちの間にあるものに名前をつけたり、期限を決めたりすることはなかった。それがヤナにはうれしかった。

明らかにナジールはまだヤナと同じ情熱をもって彼女を求めていた。その点で二人は対等だった。二人はベッドのパートナーであり、親友であり、小さな女の子をともに愛し世話する同志だった。

二人でザラと一緒に遊んだり、ザラが寝たあとで静かに本を読んだり、自分の小説について話したりするすばらしいひとときは、ヤナがかつて夢見た生活そのものだった。少なくとも彼女はそう自分に言い聞かせ、先のことはあまり考えないようにしていた。

ナジールと本当の恋人同士になりたいと姉妹に打ち明けられないことはつらかった。だが、話せば姉も妹も心配し、二人の関係の行く末について尋ねるだろうし、アリストスとカイオを巻きこむことにもなるだろう。

今はまだ二人の関係は、いや、情事は、現実離れした夢のようなもので、将来の話で姉妹を煩わせたくなかった。

スタッフやアフメド、そしてアミーナまでもが何も気づかないようにふるまっていることに、ヤナはただただ感謝していた。ナジールの母親は以前の態度が嘘《うそ》のように親切になり、ヤナもそれに思いやりをもって応えた。アミーナもようやくイザズを悼むヤナの気持ちが本物だと気づいたのだろう。

しかしときどき、ヤナはアミーナの目に計算高さを感じ、不安になった。アミーナはヤナをいつまでも引きとめることはできないが、彼女とナジールがいてこそ、ザラはのびのびと成長することができるのだと何かにつけ指摘した。

ナジールは結局、ヤナとベッドをともにするために本来の自分の寝室を使うようになった。ただ、遅くとも夜明け前に、早ければセックスの直後に、こしばらく使っている別の寝室に戻っていくのだった。

ヤナは当初そのことに傷つき、侮辱に感じていたが、それに気づいたナジールがあのいたずらっぽい魅惑的な笑みを浮かべて説明した。次の小説のインスピレーションは彼女とベッドをともにしたあとの真夜中ごろに波のようにわきあがってくるのだと。それに、好奇心旺盛な五歳の娘にヤナと一緒にいるところを見られたくないのだと。だから一日の執筆が終わると主寝室に戻るが、また夜明け前に出ていくのだという。

それを知って、ヤナは喜んだ。自分との情熱の行為に作家の創作意欲をかきたてる魔法みたいな効果があるからではなく、久しぶりにナジールが純粋にリラックスしているように見えたからだ。彼は満たされ、幸せそうにさえ見えた。

そしてヤナは、自分がその少なくともほんの一部に貢献できていると思いたかった。

夏の日はすでに沈みはじめ、ヤナがピクニックに使ったものを急いでまとめているうちに、あたりはひんやりとした夜気に包まれていた。今日はとくに、いつもは足を伸ばさない森の奥まで来てしまった。もっと遠くまで行きたいというザラの要求に負けたのがいけなかった。どんどん森を進んでいく少女を追いかけるのに忙しく、時間を確認するのを忘れていたのだ。

ヤナは膝をつき、重いトートバッグを肩にかけて持ちあげた。ザラは今日集めた石を全部入れた袋を肩から下げて歩いていたが、何かに足をすべらせて、膝の高さほどの草むらに倒れこんだ。

ヤナはトートバッグを放り出し、ザラのもとへ急いだ。五歳の少女の泣き声は痛みよりもショックと恐怖を訴えていた。ヤナは不安と闘いつつ地面にしゃがみこみ、ザラをそっと膝の上に引き寄せた。

少女がしゃくりあげながらヤナの首に両腕を回した。ヤナはため息をついて腕をほどき、ザラの頬の小さな傷に気づくと、すぐに手当てに取りかかった。

どのくらい時間がかかったかわからないが、気づいたときには真っ暗闇になっていた。城までは少なくとも一・五キロはあるため、明かりがなければ迷うのは必至だ。

ザラはヤナのTシャツで涙を拭くと、元気を取り戻した。

ヤナはザラの荷物を持ち、トートバッグを放り出した場所まで戻った。バッグから携帯電話を見つけ出し、フラッシュライト機能をオンにする。あいにく電波が届いておらず、ナジールに電話することはできない。彼女は何度か立ちどまってはザラに星や星座を見せた。

長いピクニックで足が痛かったが、やがて城のシルエットが見えてきて、ヤナは安堵《あんど》のため息をついた。ザラをベッドに寝かせたら、ナジールと一緒に熱い風呂につかろう。

自分が城の生活にここまでなじむとは思ってもみなかった。約束の三カ月の終わりが迫っているのはわかっているが、ヤナは城を離れたくなかった。生まれて初めて幸せを感じ、満たされていて、ここが自分の居場所に思えていた。

「いったいどこへ行っていたんだ？」ナジールの問いかけに、いきなりヤナは現実に引き戻された。

ナジールが前庭に立っていた。

「どれだけ心配していたかわかるか？」

「時間を気にしていなかったの」

「日が暮れかけてから遠くまで出かけるなんて。もっと気をつけるべきだろう」ナジールがザラをヤナの腕から引き離した。「君の不注意だ」

非難めいたナジールの口調にヤナは凍りついた。だがそのとき、スタッフ全員が明らかに安堵の表情を浮かべて近づいてきた。怪我《けが》がないか調べられる間、ヤナはずっとナジールを見ていたが、彼は目を合わせようとしなかった。

突然、ヤナは冷たく暗い場所に押しこめられた気がした。

一同が玄関広間に入り、まぶしいシャンデリアに照らされたとき、ヤナの視線は他のみんなと同じようにザラの頬の小さな切り傷にそそがれた。

「傷ができているじゃないか、ザラ」ナジールの声が周囲のざわめきを切り裂くように響いた。その声には恐怖がにじみ、顔には緊張がにじんでいた。

「あたし、ヤナおばちゃんの言うことを聞かなかったの。走っちゃだめって言われてたのに、トンボを見た気がして追いかけたら、ころんじゃって……」巻き毛が顔のまわりで揺れる。「でも痛くない」そう言って、ザラは自分を取り囲むスタッフの中からヤナを捜した。「ヤナおばちゃんがきれいに消毒して、お薬を塗ってくれたの。その間、あたしがとってもいい子にしてたから、明日の朝はチョコケーキを食べていいって。パパ、朝ごはんにチョコケーキを食べてもいい?」

ナジールが緊張を解き、ザラのこめかみにキスをした。「ああ、朝ごはんはなんでも好きなものを食べていいよ」

「今夜はヤナおばちゃんとお話を二つずつ読んでくれる?」

ナジールは笑って娘を強く抱きしめた。ザラが顔をしかめ、口をとがらせると、あわてて言った。

「わかった、お話を二つずつだ。そのあとはいい子にして寝るんだよ」そして視線を上げ、ヤナと目を合わせた。「パパは大事な用事があるんだ」

「それはなあに？」

「どうしてもしなくちゃならないことだ」そこでナジールがふいにヤナにほほえみかけた。ザラはさらに質問攻めにしたが、彼は答えず、世界で一番大好きな二人の女の子が暗い森で迷子になり、怪我をしているかもしれないと思うと、とても心配だったのだと話した。

ヤナは胸がいっぱいだった。ここを去るときには自分の一部をもぎ取られるような気持ちになるのが今からわかっていた。

二人は結局、ザラに本を読み聞かせるだけでなくアニメも見て、二時間以上一緒に過ごした。ナジールは初めて、元気いっぱいのかわいい娘に早く寝てほしいと願った。そして、ザラのベッドで寄り添って眠るヤナと娘を残して部屋を出た。

主寝室に戻ったナジールはバスタブに湯を張り、パジャマに着替えて待った。今夜、ヤナがこの部屋に来なかったとしても、責められない。僕はザラが負った小さな傷のことで彼女を非難したのだから。

ナジールは髪に手をやり、乱暴に引っぱった。五歳児が怪我をするのはよくあることだ。なぜもっとうまく自分を抑えられなかったのだろう？　僕はまたしてもヤナを傷つけたのではないだろうか？

部屋を歩きまわっていたとき、ようやく子供部屋に通じるドアが開き、ヤナが入ってきた。

その顔には警戒した表情が浮かんでいる。ナジールはヤナの手を握り、バスルームへ連れていった。彼女に償いをしたかった。

お気に入りのラベンダーオイルが垂らされ、薔薇《ばら》の花びらが散らされたバスタブの湯とキャンドル、そしてバスタブの縁に置かれたワインボトルとグラスを見て、ヤナが目を見開いた。「ナジール――」

「腕を上げて」ナジールは静かに言った。

意外にもヤナがおとなしく応じると、Tシャツを脱がせ、彼女の髪を頭のてっぺんに結いあげた。それからブラジャーとショーツをはぎ取った。

「さあ、バスタブに入って」欲望が良識に取って代わる前に、ナジールはかすれた声で言った。

ヤナがまたおとなしく従った。

湯の中に体を沈め、小さなうめき声をもらして頭を後ろに倒すヤナを見て、ナジールはどうかなりそうだった。

何かすることを見つけなければと、ワインの栓を抜き、グラスについだ。

無言でグラスを受け取ったヤナは一口飲んでから感嘆の声をもらし、凝りをほぐすように肩を回した。

ナジールの罪悪感はさらに強まった。「風呂から出たら、肩をもんであげるよ」

「けっこうよ」彼女が目を閉じて言った。「あなたのマッサージの腕が娘より下手ならなおさらね」

「試してから判断してほしいね」

ヤナがまたため息をついた。「ありがとう。長い一日の終わりに必要なものを用意してくれて」

ナジールはバスタブの縁に腰を下ろした。「君がザラと帰ってきたとき、怒るべきじゃなかった。ただ、二人とも怪我をしているんじゃないかと心配でたまらなかったんだ。急に昔の出来事を思い出して……」

「大丈夫よ、ナジール」ヤナが彼の手の甲を軽くたたいた。「心配していたことはあなたの顔を見ればわかったわ。でも、ザラはまだ五歳だし、ときどきは怪我をする。私や他の誰かがついていても」

「頭ではわかっている。ただ、どうしてもあの子のことを心配してしまう。以前、あの子を深く傷つけたことがあるから」

ヤナが目を開けてナジールを見つめた。無言で問いかけ、彼が最も根深い恐怖を打ち明けるのを待っている。

「もともと子供を持つつもりはなかったんだ。それでも、初めてザラを抱いて以来、ずっと愛してきた。二十四時間体制であの子を見守るスタッフをつけていても、守りきれないのはわかっている」

「ええ。それに、こんなことを言うと嫌われるかもしれないけれど、ザラはあと三カ月で六歳よ。同年代の子供たちと遊び、社会性を身につける必要があるわ。家庭学習《ホームスクール》にするにしてもね。外の世界を遮断したまま、あの子にとってよい父親でいることはできないわ。ザラはとても社交的な子よ」

「そう言われても君を嫌いにはならないよ。現に……」ナジールは言葉を切った。まだヤナに打ち明ける心の準備ができていなかった。三カ月近くが過ぎ、彼女との別れの日が迫っているのはわかっている。それでも彼はなんとかなると自分に言い聞かせていた。ヤナは以前の生活に戻るだろうが、二人が情事を続けることはできるはずだと。

ナジールは今まで優柔不断だったことはなく、時の流れに決断をゆだねている自分がいやだった。

彼は思いきって顔を上げ、ヤナの視線を受けとめた。「もう遠慮しなくていいよ、ヤナ」

「遠慮？」

「たとえ僕の機嫌を損ねるのではないかと恐れていることでも、それがザラにとって正しいなら遠慮なく言ってほしい」

「私はあなたを恐れてなんかいないわ、野獣さん」ヤナがからかうように言って、彼に湯をかけた。

ナジールは床に膝をついてヤナの首に腕を回し、こめかみに唇を押し当てた。「君がここを去ったあとでも言ってほしいんだ」

ヤナが彼の腕をつかんだ。「ええ、そうするわ」

「つまり、僕を許してくれるのかい?」

ヤナの手がまっすぐにナジールの下腹部に向かい、彼は外の世界のことをすべて忘れた。「一緒にお風呂に入ってくれたらね」

それは決して断れない誘いだった。

13

城で過ごす三カ月は、まるで砂時計を揺すって時間を早めたかのように過ぎた。契約が完了したら、ヤナはニューヨークで仕事をしたあと、カリフォルニアの母親を訪ね、双子の誕生まであと一カ月に迫ったミラに会いに行く予定だった。もちろん、あわただしいスケジュールの合間をぬって可能な限り城に戻るとザラには約束した。そうでなくても城に戻りたかった。城での日常を思うと、それまでの生活が味けなく感じられた。

ヤナは自分の将来について冷静に考え、小説の執筆を依頼されるようになるまではと、少ないながらもモデルの仕事は引き受けていた。いつか自分の小説が出版されると想像するだけで、興奮の波が押し寄せる。十六歳からモデルとして働いてきたが、今は人生の岐路に立っているのだと感じた。

現実が自分とナジールを包んでいる繭を裂き、おとぎ話じみた幸福を壊すときが来るのを、ヤナはずっと覚悟していた。

なぜなら、未来の種はすでに過去のどこかにまかれているものだからだ。ヤナはその不変の真理に気づいていた。

三カ月の最後の日、アミーナとアフメドはヤナとナジールを城に残して、アミーナの妹に会わせるためにザラをロンドンへ連れていった。ナジールの指示だったことを、ヤナはあとで知った。別れ際にザラを悲しませないためだろうが、私も大騒ぎすると思ったのだろうか？

ヤナの胸には恐怖と別の何かが渦巻いていた。ザラと離れたくなかった。こまやかに気遣ってくれるアフメドやスタッフ、アドバイスを求めてくるフーマ、そしてアミーナとさえも。アミーナは一度、あなたは私が持ったことのない娘だと言ったことがある。それは本心だとヤナは思った。

ヤナのファンタジーそのもののロマンスは、ドラマチックな終盤に向かっていた。最後の晩は嵐が空を暗くし、ヤナとナジールは城にいるしかなかった。彼女の胸の中には不安が渦巻き、ＢＧＭみたいに一日じゅうざわついていた。

いつものようにナジールとヤナは一緒に食事をし、広い書斎の静かで心地よい沈黙の中、それぞれのノートパソコンでしばらく仕事をした。彼がレコードプレイヤーのスイッチを入れると、彼女は立ちあがった。

二人でどのくらい踊っていたのか、ヤナには見当もつかなかった。その間、体と体は苦もなく会話を交わしているのに、二人は沈黙を保っていた。ヤナが八センチヒールのパンプスをはいているため、二人の下腹部はぴったりと重なっていた。

ナジールが指先でヤナの顎を傾けた。ヤナは彼のむき出しの欲望を感じ、自分の心臓の鼓動が聞こえる気がした。

年代物のサイドテーブルの上にはクリスタルのデカンタや高価な燭台《しょくだい》が置かれていたが、ナジールがそこにヤナの上半身をうつ伏せにした。彼のために着たアイスブルーのカクテルドレスの裾がまくられると、ヤナはうめき声をあげ、腰を浮かした。ナジールがショーツを寄せて潤いを確かめ、力強く腰を動かす。デカンタと燭台が音をたて、テーブルがリズミカルに壁にぶつかる。まるで城全体に見守られているかのようだった。

どちらが誘惑し、どちらが降服しているのか、まったくわからない。でも、もうどうでもいい。

ナジールの動きが速くなったとき、ヤナは鋭いあえぎ声をあげた。彼の指はヤナの体の芯に、唇は首筋に押しつけられている。そして、彼の体はヤナの最も敏感な場所を正確に刺激していた。やがて彼女は強烈なクライマックスを迎え、二度と元には戻れないかもしれないと思った。自分の一部をもぎ取られた気分だった。

ナジールに体を起こされ、ヤナは振り返ってほほえんだ。すると彼がやさしくキスをした。そのキスにどれだけ畏敬の念がこもっていたか、言葉で言い表すことはできない。ナジールの唇は、彼が言えなかったこと、言おうとしなかったことを語っていた。ヤナは彼の首筋に顔をうずめ、その香りに溺れた。

城の外で嵐が吹き荒れている間、二人はそうして立ちつくしていた。嵐はヤナの中で起きていることを残らず完璧に映し出しているようだった。

「いとしい人《ハビブティ》……」

「明日の朝、ここを発《た》つわ」ヤナはそう言ったが、自分の一部はナジールと一緒に永遠に城から離れない気がした。

「わかっている」

「最後の夜をありがとう。あなたと二人だけの夜を」

「君のためにしたことだと思うかい？　いや、これは身勝手な男の身勝手な欲望だった。最後の夜、君を独り占めしたかったんだ」

「それなら、初めて私たちは意見が合ったことになるわね」ヤナは無理にいたずらっぽく言った。「またすぐに来るわ」

「そうしてくれ」

「ザラには毎日電話するわね」

「ああ」

「いつザラを預かれるか連絡するわ。ミラもあの子に会いたがっているの。アリストスも、ヌーシュとカイオも。ザラにはみんなに会ってもらって、自分の家族のように思ってほしいの」

「君は本当に心が広いな。ザラは幸運だ」

「からかっているの？」

「まさか」

ヤナは目を上げ、ナジールの顔の傷跡を指先でなぞってから手を下ろした。「ごめんなさい」

「どこに触れてもいいんだ。傷跡でも。気にしないから」ナジールがほほえみ、ヤナもほほえみ返した。

年齢を重ねるにつれ、傷跡は目立たなくなっていた。悲嘆と喪失感が厳しい顔に深く刻まれてはいるものの、目尻には笑いじわができている。

ヤナはふと、その傷を負った出来事のあと、ナジールがどれほど変わったか、悲しみの影がどれほど濃いのかに気づいた。なのに私は十年前、愚かにも彼の傷ついた心を顧みなかっただけでなく、恥ずかしげもなく彼を愛していると宣言したのだ。

あまりにも状況を読み違えていた。

戦地での取材で何があったにせよ、ナジールは内面も外面も変わってしまった。今なら、あのとき彼に身を投げ出すのではなく、何があったのか尋ねればよかったのだとわかる。

ただ、十年前におおげさに愛を告白した自分に腹を立てることはできない。ナジールの身に何かあったと感じ、私はいつものように全身全霊で彼を慰めようとしていたのだから。自分には彼を癒やすだけの力があると思っていた。

でも、私の気持ちは関係なかった。あのときナジールに起きたのは、私には癒やしようのないことだった。今、ヤナはようやくそれに気づいた。

つらいときに愛してくれる人がそばにいることは、大きな慰めだ。けれどもその一方で、自分を救えるのは自分だけだとも言える。人生が投げかける苦しみや悲しみにもかかわらず、生きて愛することをやめてはならない。

「傷だらけになって帰ってきたあの取材であなたは誰を失ったの？」ヤナはナジールの白いシャツを見ながら尋ねた。本当は彼の目を見つめて、そこに答えを見いだしたかった。

それまで感じていたナジールのぬくもりが消え、空気が一瞬にして凍りついた。

ヤナは目を閉じ、自分の衝動を呪った。ナジールが私を情事の相手としてふさわしいと思ったからといって、あらゆるつらい秘密まで打ち明けてくれるとは限らないのだ。

しかし、驚いたことにナジールが答えた。「カメラマンだ。ファティマは――」彼の口元に小さな笑みが浮かんだ。「若くて、生意気で、世界をよりよくしたいと願っていた。僕は彼女を連れていくべきじゃなかった。彼女は僕の腕の中で息絶えたんだ」

「あなたは彼女を愛していたのね」それは質問では

なかった。これでやっと納得がいった。

「ああ。僕は彼女を守るべきだった。彼女より経験があったんだから。もっとリスクを考えて――」

「あなた自身も怪我《けが》をしたじゃないの」

「怪我はしたが……」

ヤナは乾いた笑い声をあげた。「あなたのエゴはどれだけ重いのかしら。そんなに重いものを背負って体が痛くないの？」

「君にはわからない――」

「いいえ、よくわかるわ。あなたがなぜあんなに残酷に私を拒絶したのかも」

ジャクリーンとの結婚も、最初のキャリアからの突然の転身も、父親からも自分からも距離を置いたわけもようやくのみこめた。イザズが息子は自分を見失っていると言ったのはそういう意味だったのだ。

あの出来事のあと、ナジールはより冷徹に、より厳しく、より感情を抑えるようになった。頭脳明晰《めいせき》な彼のさらなる魅力だったやさしさはもうかけらもなかった。

「愛する人を自分の腕の中で死なせるのがどれほど恐ろしいことか、君にはわからない。どんなに無力な気持ちになるか。記憶そのものに永遠に苦しめられるんだぞ」

ナジールの言葉はヤナのみじめな心に死刑宣告を下したも同然だった。だが、彼の言い分を正しいと認めるなんてまっぴらだった。ナジールは与えられた試練を乗り越えなければならない。「ええ、私にはそんな経験はないわ。でも、喪失感や悲しみや……必死に最後のチャンスをつかみたい気持ちならわかる。もう一度祖父と一分でも過ごせるなら、私は何を差し出してもいい。祖父にごめんなさいと言えるなら、祖父がずっとやろうとしていたことがやっとわかったと言えるなら、愛していたと伝えられるならね」

ナジールがヤナのこわばった手を握った。それでもヤナの気持ちはおさまらなかった。自分自身とジャクリーン、そして彼が亡くした女性を思って。ザラは言うまでもない。

「ファティマはきっと知りたいでしょうね」ヤナは思いきって再び禁断の領域に踏みこみ、ナジールが聞きたくない真実を口にした。「あなたが人生を存分に楽しもうとしない理由として自分の死が都合よく使われていないかどうかを」

「僕を臆病者だと言うのか？　感情を封じることを臆病とは言わない」

「それなら、なぜ長い間私を遠ざけていたの？」

「君が正しかったからだ。僕は十年前に君の誘惑に負けそうになり、それ以来君には近づかないようにしていた。それでも君は遠くからいつも僕をからかい、嘲笑していた。もっと早く負けを認めればよかった。どちらにしろ僕たちがこの関係に向かっていたことは、二人ともわかっていたはずだ」

「私がまたあなたに身を投げ出すと確信していたから？」

ナジールがいらだたしげに悪態をついた。「女神のような肉体と乙女のような純真さを持った十九歳の継妹《いもうと》の君に、僕が惹《ひ》かれていたからだ。ずっと君が欲しかった。君が捧《ささ》げようとしたものをどれほど受け取りたかったか、君にはわからないだろうな。自分の悲しみを癒やすため、ファティマへの罪悪感をやわらげるために、どんなに君を利用したかったことか」

「それがなぜいけないことだったの？　どうしてあなたは考えるだけでも恐ろしいことみたいに話すの？　私はまだ十九歳だったけれど、自分のしていることはわかっていた。親のネグレクトというつらい経験をしていた私にとって、あなたは善良さの象徴だった。あなたへの愛は私にとって闇の中の光だったの。これからも後悔することはないわ」

「やめてくれ、ハビブティ」

「空想の中に逃げているわけじゃないの。自分に嘘《うそ》をつけないだけなのよ」

ナジールの唇がヤナの額に押しつけられ、彼の吐息が唇をかすめて不安をかき消した。肩を包みこむ力強い手が安心感を与えてくれる。

そのとき、ヤナは真実に気づいた。私は彼を愛している。これまでも、今も、これからも。

そして今回は、自分の愛が間違っているとか、未熟だとか、利己的だとかとは思わなかった。それはただヤナの心の中にあり、しっくりとなじんでいて、我が家に帰ってきたような気分になった。

「あなたは犯してもいない過ちで自分を罰しているのよ」

「僕が君を切り捨てたのは、愛の告白に対して何も返すことができなかったからだ。僕はただ君を利用していただけだった」

「それで今は？」そんなことはするまいと心に誓っていたにもかかわらず、ヤナは尋ねた。

「今も君に何も返せない」ナジールが彼女の視線をとらえた。「結婚以外には」

ヤナはのけぞりそうになった。「なんですって？」

「結婚してくれ、ヤナ。できる限りの幸せを君に与え、君の夢をすべてかなえよう。ザラには君が必要だし、僕にも君が必要だ。僕たちが結婚すれば、二度と別れを告げなくてすむ。別れるのはつらすぎる。僕とザラと一緒にここにいるのが幸せだと認めてくれ」

ヤナは泣きたいと同時に笑いたかった。ナジールに嘘はつけない。彼が言ったことは真実だからだ。

「ええ、ここにいるのは幸せよ。今までの人生で一番幸せだった。だから、あなたと別れるのはつらいわ。あなたの人生にただの友人として戻ってくること、この城を我が家と呼べなくなることを考えると、死にたくなる。あなたとザラに何カ月も会えなくなることを考えると……本当に死んでしまいそう」

「それなら、ここに残って僕と結婚してくれ」

ナジールに熱いキスをされ、ヤナは自分の心が溶けていくのを感じた。でも、誘惑に負けてはならない。強くならなければ。

「ここにいてくれ、ハビブティ。そうすれば僕のすべては君のものだ」

「あなたが私のものになるのは条件付きでしかないのね」悔し涙が頬を伝った。「あなたはまだ私を縛りつけようとしている。見返りもなしに、私からすべてを奪おうとしているのよ」

ナジールがたじろいだ。二人で崖っ縁に足をかけ、一緒に飛ぼうとしているのに、自分が最後の一歩を踏み出そうとしていないことに気づかれたと思ったに違いない。

「ジャクリーンとの悪夢の結婚生活のあと、僕にもう一度結婚を考えさせることができたのは君だけだ。それがなぜわからない？」

「私はあなたが恵んでくれるパン屑《くず》が欲しいんじゃないわ」心臓の鼓動が大きくなるのを笑顔でごまかしながら、ヤナは言った。ティーンエイジャーの空想が現実になると、こんなに恐ろしい展開が待っていると誰が想像できただろう？　心の奥底に封じていた夢がついにかないそうになっているのに自ら立ち去るなんて。「あなたが認めようと認めまいと、あなたはすでに私のものなのだから。ずっとそうだったのよ。私がそれに気づかなかっただけ」

そう言った瞬間、ヤナは自由を感じた。不安や束縛や過剰な要求から解放された思いだった。ナジールへの愛は単純な真実だったからだ。太陽が東から昇るのと同じ、外で猛威をふるっていた嵐が世界を一新して去っていくのと同じだ。今、自分をさいなむ痛みも数カ月後、数年後には傷跡に変わるに違いない。

ヤナは、いつか自分も愛されるようになるという愚かな希望にしがみついて自分を偽りたくなかった。たとえナジールやザラのためでも、そんなことはできない。

ヤナはナジールの頬に手を添え、キスをした。ミントの味が口の中に広がる。それからシャツの下に手を差し入れて彼の傷跡をすべてなぞり、最後にもう一度キスをした。

「さよなら、ナジール」

14

ナジールはギリシアのアテネで開かれたファッションショーでヤナを見つけた。彼はよりによって自分の母親から、ヤナが双子を出産したばかりの姉ミラと一緒にいることを聞き、アテネを訪れたのだ。

ヤナが城を去って四カ月がたっていた。

ナジールはヤナに電話もメールもしなかったし、ザラがビデオ通話で彼女と話しているのをのぞき見したことさえなかった。だが、起きているときも寝ているときも、ヤナのことが頭から離れなかった。

自分のベッドが冷たく空虚に、人生が無色に感じられた。想像力も創造意欲も枯渇していた。ナジールはヤナに投げかけたことのない百万もの質問を思い浮かべては、その答えについて考えをめぐらせた。彼女はこのまま一生をかけて僕を驚かせ、喜ばせ、困らせ、屈服させるのだろうか？　そして彼は、崇拝する女性のためならひざまずくのも悪くないと思いはじめていた。

当のヤナは自分が並はずれてすばらしい女性であることにようやく気づいたようで、ナジールを一顧だにしなかった。彼の母親でさえときどきビデオ通話でヤナと話しているというのに。アフメドやフーマや城のスタッフもそうだ。だが、彼女がナジールに何か言ってくることはなかった。

ヤナが僕のもとを去ったのは、僕が臆病だったからだ。ナジールはみじめさにひたり、ヤナから無条件の愛をそそがれる六歳になった娘をうらやましく思っていた。

ナジールはこの数週間、ヤナが滞在するアリストス・カリデスの豪華な屋敷を闘牛のように荒らしまわり、世界とヤナに向かって彼女は自分のものだと宣言したくてたまらなかった。

もし結婚を持ちかけなかったら、二人の熱い関係はいつまで続いただろうかと、ナジールは改めて考えた。聡明《そうめい》で鋭敏な彼女は、結婚が僕にとって、心を開くことなく彼女を束縛する新たな契約であることを見抜いていた。結婚すれば、実際には何も約束せずにすみ、ヤナという輝かしい存在に相応のものを与える必要もない。

たとえ意図的ではなかったにせよ、ナジールは今、ヤナを操ろうとしていた自分を恥じていた。夢を、まるで彼女が飛びつく賞品であるかのようにちらつかせたとは。ヤナが真実の愛と情熱を求めているのは明らかだったのに。

そこでついにナジールは、自分が拒んだものを他の男がヤナに与えるかもしれないと思い至り、行動を起こしたのだった。ヤナがどこにいるのか、誰にぬくもりを与えているのかを気にしながら残りの人生を送るくらいなら、致命傷を与えられないよう願いながら傷だらけの心を彼女に捧《ささ》げるほうがはるかにましだった。

これはヤナ・レディの最後のショーだという噂《うわさ》だった。ナジールはヤナがまばゆく輝く姿を見たかった。夢の一つをかなえた彼女の華麗な瞬間に立ち会いたかったのだ。

ヤナがランウェイを闊歩《かつぽ》する姿はナジールの想像をはるかに超えていた。音楽、会場を包むエネルギー、そして入念に計算された照明とメイクが際立たせるモデルたちの官能的な美しさは観客を魅了した。

二十代のころに何度か見たことがあり、ヤナが城に滞在している間にも二、三度足を運んだので、ナジールもショーの魅力については知っていた。それなのに、ヤナがフランス人デザイナーの最高傑作である虹色のパンツスーツに身を包み、最後のモデルとしてステージに登場すると、改めて心を奪われた。

ヤナはまるで女王のようだった。

人生で最高のものに背を向けた自分がつくづく愚かに思えた。僕はヤナの燃えるような愛を拒絶したのだ。臆病者呼ばわりされてもしかたない。

だが、もう過去にはとらわれない。死んだも同然の僕を彼女が生き返らせてくれたのだから。

ホテルのスイートルームのドアが開き、ヤナが入ってきたとき、ナジールは酒を飲まない自分の習慣を残念に思った。

スモーキーなアイシャドウに彩られた瞳に淡いリップグロスを塗った唇、ラメが輝く胸元――ヤナは情熱に満ちた異星の女神のようだった。髪は石膏《せつこう》で固めたように奇妙な形をしていたが、彼女の均整の取れた体型を際立たせていた。

「会場にいたのはあなただったのかしら？」ヤナがよそよそしく言った。

彼女は気づいていたのだ。今ここで僕を目にしても驚かないのは、それで説明がつく。

ナジールはうなずき、ごくりと唾をのみこんで髪をかきあげた。彼女は僕を見ていたし、僕も彼女を見ていた。

「打ちあげは好きじゃなかったはずでは？」

「まあね」ヤナが答えた。

ナジールは腕時計に目をやった。まさか夜明け近くまで待つはめになるとは思っていなかった。そこで突然、自分が言いたかった、いや、言わなければならなかった言葉の数々は、一生かけても口にできないかもしれないと感じた。「君はそこに行ったんだと思っていたよ」

「私の部屋をこのスイートルームにアップグレードしてくれたのはあなただったの？」

ナジールは肩をすくめながら、ヤナがドアから出ていくのを待った。

だが、彼女は部屋を横切り、小型冷蔵庫から水のボトルを取り出して飲みほした。それからもう一本のキャップをひねると、シンクに頭を突き出し、髪と顔にかけた。「気分がよくなったわ。光と音が肌に張りついたみたいだったの」

ナジールはバスルームからハンドタオルを取ってきて彼女に渡した。

ヤナがタオルに押しつけた顔を上げたとき、口元には固い決意が浮かんでいた。「なぜここにいるのか教えてくれる？　それとも寝てもいい？　十一時間も立ちっぱなしだったの」

「座るといい。話をするまで僕は帰らない」ナジールはそう言い、彼女のあとを追って居間に向かった。

ソファの一つに腰を下ろしたヤナが大理石のコーヒーテーブルの上に脚を伸ばそうとする前に、ナジールはそこに腰を下ろし、彼女の足を取ってハイヒールを脱がせた。

「ああ、あなたがどんなにそういうことが得意か忘れていたわ」ヤナがソファの背にもたれて言った。

ナジールはもう一方のハイヒールも脱がせた。

「いいニュースを持ってきたんだ」

ヤナが体を起こし、彼の膝の上から足を下ろした。

「どんなニュースを？」

「サミュエルが君の原稿を気に入った。彼は独占契約を望んでいる。これは大きいぞ、ヤナ。君は大成功する」

ヤナが突然ナジールに抱きついた。「すごいわ！　そんなことがあるなんて！　この気持ちをどう言い表せばいいの？」彼女はにっこりし、目に涙を浮かべたが、すぐに手の甲でこすった。「教えてくれてありがとう。とてもうれしいわ。私に話すためにわざわざ来てくれたなんて、本当にありがとう」

「サミュエルが話してくれたとき、僕にそのニュースを伝えさせてくれと頼んだんだ」

「なぜ？」ヤナが急にいらだちをあらわにした。

「幸せそうな君を見たかったからだ。君の笑い声を聞き、成功を分かち合い、情熱を目の当たりにしたかった」ヤナが何か言う前にナジールは尋ねた。

「エージェントはもう決まっているのかい？」

「いいえ。二年前からエージェントに原稿を読んでもらっていたけど、出版にはこぎ着けなかった。フィードバックをもとにプロットを練り直したわ。でも、そのあと母の問題や祖父の病気で、余裕がなくなったの」

「僕のエージェントに推薦しようか？」

「どうして？　どうして私を推薦するの？　あなたとベッドをともにしたごほうび？」ヤナが嘲るように言った。

「自分を貶《おとし》めるのはやめるんだ」ヤナがそう言う

のも当然だと思いつつ、ナジールは続けた。「僕のエージェントはやり手だから、サミュエルと交渉して最高の契約を結んでくれるだろう。編集者としてのサミュエルについて警告しておくと、彼は徹底的に手直しさせる。ただ……へこたれず、自分の書きたいことを第一に考えてくれ」

ヤナは喜びと誇りのようなものがこみあげてくるのを感じながらうなずいた。「私を信じてくれているの？　私が作家としてやっていけると？」

「もちろん信じている。だが、人に読んでもらうのが不安なのはわかるよ」

「あなただけよ、読んでもらうのが不安なのは」

「僕だけ？」

「ええ。姉と妹、アリストスとカイオにはコピーを渡して読んでもらったわ」

ナジールの顎がこわばった。「なぜだい？」

ヤナは肩をすくめた。「あなたにばかにされるのが怖かったの」

「君の頭の中で僕は本当に怪物みたいだったんだな。現実の僕はその悪印象をさらに強めてしまった」

「おかげで助けにはなったと思うわ」

「誰の助けになったんだ？」

「私の。書くことをあきらめようとするたびに、あなたの姿が浮かんできたの。あなたが軽蔑をこめて私を見おろすところを想像しては、自分に言い聞かせたのよ。ナジール・ハディードに再び私を軽んじるチャンスを与えるわけにはいかない、あきらめるわけにはいかないって。あなたは私のお尻に火をつけてくれたようなものだわ」

「それを聞いて、自分の残酷さにまたしてもぞっとしたよ」

ヤナはナジールのそばに行き、彼の両頬を手で包みこんだ。「いいことだったのよ」

「今だから言えることだ」彼が怒ったように顔を紅

潮させながら言い返した。そして今度は自分がヤナの頬に手を伸ばし、ゆっくりとうやうやしく、まるで彼女を傷つけてしまうのを恐れるようにやさしく指をすべらせた。

ヤナは彼のほうに体を傾けた。「私があなたを恨んでいたときでさえ、あなたは私に力を与えてくれたわ。私はあなたを愛していた。あなたにふさわしい人間になりたかった。私は――」

「君には僕の百万倍も価値があるよ、ヤナ。君は美しく情熱的で、千の日の出や千の日の入りよりも値打ちがある。君の心は美であり、喜びであり、僕の人生そのものだ」

「涙が出そう」

「本当のことだよ」ナジールが瞳を輝かせて言い、キスをした。「僕は君にいいニュースを伝えたかったが、それさえも利己的だった。なぜ僕がここにいるのか、本当の理由を話そうか？」

「ええ。あなたにすべてをさらけ出して、私はもう強くはないの。話してちょうだい、お願い」

「二つめの朗報が先だ。いや、朗報は三つある」

「まだあるの？」ヤナは手の甲で頬をぬぐいながら尋ねた。

「君の昼と夜をできる限りの朗報で満たしてあげたいね」

「早く話して」

「ついにダイアナをリハビリ施設に入るよう説得できたんだ」

「えっ？　どうやって？」ヤナは信じがたい思いで口に手を押し当てた。ナジールにリハビリ施設の紹介を頼んでからも、自分では母親との関係を何一つ進展させることができなかった。母親を助けたい気持ちは強いが、努力はまだ実を結んでいない。

ナジールが肩をすくめた。「僕はダイアナを説得し、餌となるものを鼻先にぶらさげて……最後には脅したんだ。その三つが重なって、やっと成功したんだと思う」

ヤナは笑い、それから力が抜けたようになって泣いた。ナジールがダイアナと話をすることをどれほどいやがっていたかは知っている。それでも、彼はそうした。私の心の平穏のために。私の幸せのために。ヤナは彼の手を握った。「ありがとう」

「さあ、三つ目だ」彼女の礼の言葉にナジールが居心地の悪そうな顔で告げた。

「心の準備はできているわ」ヤナは言ったが、その声は彼女の心臓の大きな音に比べればささやきにすぎなかった。

ナジールは目の前のコーヒーテーブルに書類の束を置いた。「これは親権に関する書類だ。これにサインすれば、僕たちはザラの親権を共有することになる。君は一年に一カ月以上ザラを預かることができるし、僕抜きであの子と一緒に過ごせるんだ」

高揚していた気分がしぼみ、ヤナは現実に引き戻された。「どうしてそんなことをするの?」

「君がどれだけザラを愛しているか知っているからだよ。君が望むすべてを与えたい」

「私が望むすべて?」ヤナはきき返した。

「そう、すべてだ。君がまだ望むなら、そこには僕の心も含まれる」

ヤナはとっさに言葉を失い、目を見開いた。

「君を愛している、いとしい人《ハビブティ》」ナジールの視線はヤナを探り、むさぼるようだった。愛を告白した今でさえ、とまどいが浮かんでいる彼の目を見て、ヤナは思った。彼がいないと私は迷子になったみたいな気持ちになる。彼も私がいないとそうなるのかしら。「君は魔術師のように、死んだも同然だった僕を生き返らせてくれた」彼はヤナの前に膝をつき、大きな手を彼女の腿に置いて、琥珀《こはく》色の瞳を誇りと誠意と愛で輝かせた。「君のいない人生はむなしいだけだ。君は僕の魂だよ、ヤナ。君がずっと僕のものだったと気づくのにこんなに時間がかかってしまったのは、僕が君にふさわしくなるために成長しなければならなかったからだ。わかるかい？」

涙がヤナの頬を伝ったが、ナジールはまだ話しつづけている。

「ハビブティ、君がもう一度チャンスをくれて本当にうれしい。こうしてまた会えたおかげで、君のすべてを受け入れる準備ができたよ」

ヤナが泣きじゃくる間、ナジールはただ彼女を抱きしめていた。張り裂けかけた自分の心が元に戻っていくのがわかる。僕の心は、ヤナの涙や笑いや喜びや約束によって作られているのかもしれない。

ようやくヤナが顔を上げてナジールを見た。目と鼻が赤くなっているが、胸が痛くなるほど美しい。

「私と結婚したい？」

「ああ、今すぐに。明日にでも。もう十分時間を無駄にしたからね」

ヤナが彼の胸に顔をうずめ、強く抱きしめた。

「結婚して、僕に償うチャンスをくれ」

「私がたくさんの要求や条件をつけたら？」

「代わりに僕の要求や条件をのんでもらう」

ヤナはナジールにキスをし、その尊大な言葉に笑った。たぶん彼のそういうところも大好きなのだろう。「どういう要求や条件をつけるの？」

「君の負担にならないよう、ウエディングプランナーを雇うこと。結婚する前でも僕のベッドで寝ること。子供が欲しいなら、たくさん持つこと。結婚式は二週間後にすること。それ以上は待てないからね。式は城の敷地内で執り行うこと」

要求と言いつつ思いやりにあふれたナジールの言葉に、ヤナは思わずほほえんだ。

「お城で？　じゃあ、世界じゅうにあなたの家が知られることになるわね。私は盛大な結婚式を挙げたいわ。世界じゅうに私たちを見てもらいたい。少なくとも千人にはね」

ナジールがたじろいだが、すぐに立ち直った。

「よし。君にふさわしく華やかで豪華な結婚式にしよう。式のあとは別の城に移動して、二回披露宴を開くんだ。望むなら世界じゅうの人を招待してもいい」そう言ってヤナを抱きあげ、寝室へと運んだ。

ヤナは喜びで胸がいっぱいだった。「私は汗びっしょりなのよ」形だけの抗議をしたが、ナジールはすでに自分のシャツのボタンをはずしていた。

そして二人は一つに結ばれ、笑い、ヤナはまた少し泣いた。

数時間後、ヤナは闇の中で起きあがり、隣で深い眠りについている男性を見た。それからランプのスイッチを入れるとクラッチバッグを開け、このときのために取っておいた手紙を取り出した。


ヤナの胸は愛と幸福と勇気に満ちていた。ようやく自分のすべてを受け入れることができたのだ。それこそが祖父の望みだった。

私のすばらしいヤナへ
おまえが愉快で、勇敢で、誠実で、反抗的で、議論好きで、無謀で、面倒くさがりで、しじゅう私の葉巻を盗んでいることは知っている。だが、おまえはそのままで完璧だと言ったことがあったかな？
おまえはとても愛されているんだ、ヤナ。少しは自分で自分を愛してやれ。

祖父より

涙があふれて頬を伝い落ちた。視界がぼやけ、やがて元に戻り、またぼやけた。ヤナは手紙を胸に押し当てて笑い、泣き、もう一度だけ祖父を抱きしめられたらと願った。

「ヤナ？」ナジールが心配そうにヤナを抱き寄せた。唇を彼女のこめかみに押し当てて尋ねる。「どうしたんだ、ハビブティ？　何があった？」

ヤナは手紙を見せると、彼の胸に顔をうずめた。

「祖父はずっと私を愛していたのよ。あんなに苦労させたのに、それでも私を愛してくれた」

「もちろんさ。何度も言うように、君は完璧だよ。僕もそれを見抜いていたお祖父《じい》さんは賢い人だ。僕もね」ナジールが誇らしげに言った。「信じられないなら、一時間ごとに教えてあげよう」

「愛しているわ、ナジール。あなたの言うとおりよ。結婚しましょう。でも、少なくとも準備に一カ月は必要よ。ミラやヌーシュやアミーナに殺されちゃう。フーマにドレスをデザインしてもらうわね。黒を着たら怒る？」

ぶつぶつこぼすナジールにもたれかかり、ヤナは姉と妹に電話をかけて朗報を伝えた。

数週間後、二人はザラを連れてミラとアリストスの家に到着した。ナジールはまじめくさってミラとヌーシュに挨拶し、ヤナへの気持ちについて確認するアリストスとカイオの保護者じみた質問の嵐に耐え、姪《めい》のエイラと甥《おい》のエロスをそれぞれ腕に抱いた。

その合間にナジールが顔を上げてヤナと目を合わせ、思わせぶりに眉を動かした。早く二人きりになりたいというこちらの切実な願いが伝わっているのだ。そのときヤナは、自分は最高に幸せなのだと改めて喜びを噛《か》みしめた。

ハーレクイン®

愛されぬ妹の生涯一度の愛
2024年6月20日発行

著　者　タラ・パミー
訳　者　上田なつき（うえだ　なつき）

発行人　鈴木幸辰
発行所　株式会社ハーパーコリンズ・ジャパン
東京都千代田区大手町 1-5-1
電話 04-2951-2000（注文）
0570-008091（読者ｻｰﾋﾞｽ係）

印刷・製本　大日本印刷株式会社
東京都新宿区市谷加賀町 1-1-1

ISBN978-4-596-63504-4 C0297

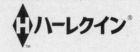

◆◆◆◆ハーレクイン・シリーズ 6月20日刊 発売中

ハーレクイン・ロマンス　愛の激しさを知る

乙女が宿した日陰の天使	マヤ・ブレイク／松島なお子 訳	R-3881
愛されぬ妹の生涯一度の愛《純潔のシンデレラ》	タラ・パミー／上田なつき 訳	R-3882
置き去りにされた花嫁《伝説の名作選》	サラ・モーガン／朝戸まり 訳	R-3883
嵐のように《伝説の名作選》	キャロル・モーティマー／中原もえ 訳	R-3884

ハーレクイン・イマージュ　ピュアな思いに満たされる

ロイヤル・ベビーは突然に	ケイト・ハーディ／加納亜依 訳	I-2807
ストーリー・プリンセス《至福の名作選》	レベッカ・ウインターズ／鴨井なぎ 訳	I-2808

ハーレクイン・マスターピース　世界に愛された作家たち　～永久不滅の銘作コレクション～

不機嫌な教授《ベティ・ニールズ・コレクション》	ベティ・ニールズ／神鳥奈穂子 訳	MP-96

ハーレクイン・プレゼンツ作家シリーズ別冊　魅惑のテーマが光る　極上セレクション

三人のメリークリスマス	エマ・ダーシー／吉田洋子 訳	PB-387

ハーレクイン・スペシャル・アンソロジー　小さな愛のドラマを花束にして…

日陰の花が恋をして《スター作家傑作選》	シャロン・サラ 他／谷原めぐみ 他 訳	HPA-59

文庫サイズ作品のご案内

◆ハーレクイン文庫・・・・・・・・・・・・・・毎月1日刊行
◆ハーレクインSP文庫・・・・・・・・・・・毎月15日刊行
◆mirabooks・・・・・・・・・・・・・・・・・・毎月15日刊行

※文庫コーナーでお求めください。

6月28日発売

ハーレクイン・シリーズ 7月5日刊

ハーレクイン・ロマンス

愛の激しさを知る

秘書は秘密の代理母	ダニー・コリンズ／岬　一花 訳	R-3885
無垢な義妹の花婿探し《純潔のシンデレラ》	ロレイン・ホール／悠木美桜 訳	R-3886
あなたの記憶《伝説の名作選》	リアン・バンクス／寺尾なつ子 訳	R-3887
愛は喧嘩の後で《伝説の名作選》	ヘレン・ビアンチン／平江まゆみ 訳	R-3

ハーレクイン・イマージュ

ピュアな思いに満たされる

捨てられた聖母と秘密の子	トレイシー・ダグラス／仁嶋いずる 訳	I-2809
言葉はいらない《至福の名作選》	エマ・ゴールドリック／橘高弓枝 訳	I-2810

ハーレクイン・マスターピース

世界に愛された作家たち
〜永久不滅の銘作コレクション〜

あなただけを愛してた《特選ペニー・ジョーダン》	ペニー・ジョーダン／高木晶子 訳	MP-97

ハーレクイン・ヒストリカル・スペシャル

華やかなりし時代へ誘う

男爵と売れ残りの花嫁	ジュリア・ジャスティス／高山　恵 訳	PHS-330
マリアの決断	マーゴ・マグワイア／すなみ　翔 訳	PHS-331

ハーレクイン・プレゼンツ作家シリーズ別冊

魅惑のテーマが光る
極上セレクション

蔑まれた純情	ダイアナ・パーマー／柳　まゆこ 訳	PB-388

※予告なく発売日・刊行タイトルが変更になる場合がございます。ご了承ください。